고블린 슬레이어 외전
GOBLIN SLAYER! SIDE STORY: YEAR ONE
The Dice is Cast.
이어원
© 2018 Shingo Adachi

돌아가면 하려고 했던 말.
돌아가지 못한 장소.
그녀는 돌아갈 수 없다.
돌아가지 않았다.
돌아오지 않는다.

"기다릴 거야.
이번에는, 꼭."

마을이 하나 멸망해도 세상은 돌아간다.
사람이 한 명 죽어도 세상은 돌아간다.
주사위는 던져진다.

—알 게 뭐냐.

Contents

GOBLIN SLAYER! SIDE STORY : YEAR ONE

The Dice is Cast.

GOBLIN SLAYER! YEAR ONE

그 말을 했을 때, 그들은 「흄(인간)의 남자가 죽일 수 없는 적이 있으면 어떡할 건데」라면서 웃었다.

그러나 왕태자가 내린 전령이란 역할은 그들의 성질에 잘 맞는 모양이다.

마술과 무구가 교차하는 전장을 겁먹지 않고 달리는 모습을 다른 자들이 흉내 낼 수 없으리라.

—정말이지 레아라는 종족은 대단한 종족이야.

"그럼, 신호를 보내는 대로 시작한다고 전해 주겠나? 계획대로야."

"변경 없음이구나. 알았어."

말을 하자마자, 레아의 모습이 스윽 사라졌다. 은신에 한해서는 그들을 당해낼 종족은 없었다.

사실 그렇게 따져보면 흄은, 활로는 엘프, 도끼로는 드워프, 전쟁에서는 리자드맨보다 뒤떨어진다.

왕태자는 어디까지나 흄의 총대장에 지나지 않았다.

엘프, 드워프, 리자드맨, 레아들은 그저 선의로 이쪽에 맞춰주고 있는 것뿐.

그것에 깊은 감사를 품으면서, 왕태자는 크게 숨을 들이쉬고 자리에서 일어섰다.

"《턴 언데드(해주(解呪))》는 외었나? 일단 놈들에게 인사를 해둬야지."

"네, 전하."

지식신의 최고위 사제인 노파가 대답했다.

그녀는 전쟁에 참가할 정도의 연령이 아님에도 등을 쭉 펴고 이 자리에 있었다.

“그렇지만 저 망자 놈들은 저주가 아닌 질병 같은 것. 먼지로 돌아가는 것은 미약한 수입니다…….”

“그렇겠지. 잘 알았네.”

왕태자는 숨을 들이쉬고, 내쉬었다. 손을 쥐었다가, 폈다.

“제군들. 천칭은 무자비하다. 주사위는 그것에 박차를 가한다. 우리들의 명운은 아무도 모른다.”

진영에 모인 장군과 참모들이 말없이 주군인 왕태자를 돌아보았다.

궁정 마술사가 귀중한, 그렇지만 지금 사용해 마땅한 주문을 하나 외어서 왕태자의 목소리를 바람에 실었다.

패기가 넘치는 왕태자의 말은 《질서》의 군세에 낭랑하게 울려 퍼졌다.

“언젠가 《질서》는 멸망할지도 모른다. 모든 것이 소각되고, 우리들은 잊힐지도 모른다.”

왕태자는 소리 높이며 애마의 고삐를 쥐었다.

등자에 발을 올리고, 몸을 쭉 끌어올려 안장에 올라탔다. 오래 잊고 있던 동작. 한 호흡.

문득 바로 옆으로 눈길을 돌리자 잡다한 장비를 입은 근위병들이 싱글싱글 웃고 있었다.

여기저기서 모인, 지저분한, 도무지 정예 같지 않은, 종족도 신분도 병과도 다른 젊은이들.

이놈들. 왕태자는 웃으며 금강석 투구의 면갑을 내렸다.

함께 미궁을 달리고, 훈장을 얻고, 이제는 근위병이 된 동료들이다.

아아, 정말이지— 모험하고는 전혀 다르다.

“그러나, 그것은 놈들 또한 마찬가지. 주사위는 무자비하지만 평등하다.”

이쪽은 자신들을 믿고 모인 만의 군세. 저편에는 세상을 좀먹으려는 만의 괴물들.

그 모든 것을 바라보며, 왕태자는 마지막 한 마디를 당당하게 뿜어냈다.

“승리의 주사위 눈은 분명히 있다. 그것을 붙잡으러 가자!”

함성이 울렸다.

지평선 너머에 꿈틀거리는 것들이 무심코 한 걸음 물러날 정도로 커다랗게 울렸다.

무구를 때리고, 목이 쉴 정도로 외치며, 대지에 발을 구르면서 기세를 올린다.

뒈져라, 악마. 뒈져라, 혼돈. 이길 거라 생각지 마라. 본래 있던 차원으로 내쫓아주마.

“기적을!”

첫 지시. 전선 전체에 넓고 옅게 늘어선 종군 사제들이 신들에게 기도를 바쳤다.

천상에 거하는 수많은 신들이여. 우리를 지키소서. 우리를 구하소서, 부디 승리를.

《프로텍션(성스러운 벽)》, 《블레스(축복)》, 《지하드(성전(聖戰))》의 빛들.

지고신이, 지모신이, 지식신, 교역신, 그리고 전쟁신을 비롯한 신들이 내리는 기적이다.

왕태자는 고개를 끄덕였다. 적군도 역겨운 사신(邪神)의 권능을 의지할 것이다. 그러나…….

"궁병, 제1사, 당겨라!"

흄의 사냥꾼들이, 그리고 엘프의 왕이 이끄는 숙련된 사냥꾼들이 활을 끼이익 당겼다.

대각선 위쪽을 노린다. 흄들의 표정이 굳어지는 것에 반해, 엘프들은 태연한 미소를 무너뜨리지 않았다.

당연한 일이다. 그들은 상상을 넘어서는 시간을 활과 함께 살아왔다. 모든 것은 호흡하는 것과 마찬가지다.

"쏴랏!!"

사람의 화살보다 3배는 빠르고 높으며 멀리, 엘프들의 화살이 날아갔다.

커다랗게 호를 그리며 하늘에 이르러 낙하하는 화살비가 《혼돈》의 군세에 쏟아져 내렸다.

은으로 된 화살촉. 그것을 맞으면 망자라도 타격(대미지)을 받지 않을 도리가 없다.

동시에, 마신 놈들의 군세에서 파닥파닥 누더기를 휘날리는 소리가 울렸다.

차례차례 날아오른 검은 그림자가 화살비와 정면으로 부딪히고자 날갯짓했다.

자이언트(거대 박쥐) 배트다.

박쥐 놈들은 이름처럼 거대한 날개를 지붕처럼 펼쳐서, 가련할 정도로 충실하게 아군을 보호했다.

새된 비명과 함께 추락하는 박쥐들 탓에 손해는 미약하다.

화살이 막혔다고 보아야 할지, 비행 전력을 깎아냈다고 봐야 할지. 당연히 후자다.

"정말이지. 하늘을 날다니 어리석은 놈들이군."

왕태자가 모험을 하던 시절처럼 중얼거린 말을 듣고서, 근위병이 소리 죽여 웃었다.

농담은 좋다. 긴장을 풀어준다. 왕태자가 모험을 하며 얻은 많은 보물 중 하나다.

"좋아, 계속해라! 주문 영창, 일제 사격!"

주도권(이니시에이티브)은 쥐고 있다. 여기서 적에게 반격을 허용할 수는 없다.

궁정 마술사들이 지팡이를 들어올려, 낭랑하게 진정으로 힘 있는 말을 외기 시작했다.

주로 사용하는 것은 《파이어볼(화염구)》이었다. 적을 집단으로 날려버릴 수 있다.

투사된 불덩이는 창백하게 타오르면서 착탄하고, 적진에서 폭렬했다.

악마의 졸개들이 굉음과 함께 나뭇조각처럼 하늘 높이 튀어 올라가 후두둑 흩어졌다.

그러나 그 위력이 본래보다 상당히 억제된 것을 알 수 있었다.

딱히 흠들만 방어에 힘을 쏟은 것이 아닌 것이다.

마의 섭리와 함께 한다는 의미에서는 오히려 마신 놈들이—.

"DEEEEEVLLLIIIVVVVVIL!!"

그때 마신 놈들도 드디어 행동에 나섰다.

기분 나쁜 이계의 음률이 울리자마자, 자갈처럼 딱딱한 벌레 무리가 《질서》의 군을 덮친 것이다.

으르렁대고 귀에 거슬리는 날갯짓 소리를 내면서 날아든 벌레가 신성한 장벽에 파직파직 튕겨 나갔다.

대부분은 신의 기적에 가로막혔지만, 그것을 돌파하는 것도 적지 않았다.

병사가, 기사가, 궁병이, 마술사가, 승려가, 눈앞에서 구멍투성이가 되어 숨이 끊어졌다.

"물러서지 마라!"

왕태자 자신의 투구에도 딱정벌레 하나가 맞아 찌그러졌지만, 검을 뽑아 들어 올렸다.

"전위, 돌격!!"

기사들이 애마에 박차를 가해, 길게 끄는 울음소리와 함께 말을 달렸다. 발굽 소리가 땅을 흔들었다.

동시에 두릉두릉, 낮고 스산한 음색의 전투 북소리와 함께 리자드맨의 돌격대가 땅을 달렸다.

중후한 갑옷을 입은 기사들, 조잡한 무기를 들었거나 도수공권인 리자드맨 전사들.

완전히 대조적인 두 부대였지만, 전투력은 보증된 자들이다.

"DAAAAEEEMMEMMMEMMEOOOON!!"

마신의 포효, 《파이어볼》이 일으킨 혼란을 재정비한 적진에서 듀라한(사령기사)이 출진.

달리는 기마의 속도와 기사의 중량이 더해진 기병창의 위력은 성벽을 무너뜨릴 정도의 충격이 된다.

그것이 전장에 격돌하는 것이니 필설로 형용키 어려운 공격의 응수였다.

금속과 금속이 격돌하는 굉음이 울려 퍼지고, 쌍방의 기사들이 퍽퍽 날아가 버린다.

창에 방패와 갑옷까지 꿰뚫리고, 혹은 낙마하여 뼈가 부서지고, 아니면 말에 짓밟혀 부서진다.

순식간에 전장에 시체가 겹겹이 굴러다녔지만 당연히 그것으로 끝이 아니다.

"오오, 똑똑히 보소서, 똑똑히 보소서! 시조되는 자의 후예 제일의 송곳니!"

그림자처럼 달린 리자드맨들이 적진으로 뛰어들자 차례차례 악마놈들의 비명이 올랐다.

손톱, 손톱, 송곳니, 꼬리. 두려움을 모르는 용의 후예들은 그 이름에 부끄럽지 않은 전투를 펼친다.

머나먼 고대에 떨어진 하늘의 불로부터 수많은 세월이 지났다. 그들은 멸망 따위 진작에 알고 있음이라 부르짖었다.

그러나 기마 돌격을 빠져나간 듀라한들의 기세도 멈출 줄을 몰랐다.

핏자국이 얼룩진 창날을 들어올린다. 이대로 가면 진열이 유린당할 것이다.

"창병대, 준비!!"

그것을 막는 것이 보병들의 사명이다.

세 줄로 늘어선 병사들이 장창의 물미를 땅에 지르고 상중하의 3단으로 창을 내밀었다.

보통 말이라면 빼곡한 창을 두려워하겠지만, 악마로 변한 시퍼런 말은 겁먹지 않았다.

창에 돌격한 듀라한 놈들은 가는 길이 가로막히자 짜증스레 무구를 휘둘렀다.

단순한 장애물에 지나지 않는 장창은 자루가 잘려나가고, 덤으로 창병의 머리가 날아가—.

“오오! 날려 버려라!!”

그곳에 곧장 드워프들의 실드 브레이커가 달려들었다.

그들은 손에 든 갈고리로 듀라한 놈들의 방패를 얽더니, 끌어내리고 전투 도끼를 때려 박았다.

망치를 휘두르고, 도끼를 휘두르고, 부수고서 다음으로. 흔들림 없이 두려움 없이, 노도를 쳐부수며 앞으로, 앞으로.

전열을 밀어 올리는 모습을 드워프의 요새(드워프 포트리스)라고 말할 법도 하다.

—이길 수 있는가?

왕태자가 그렇게 생각한 것도 무리가 아니었다. 모든 것이 잘 되면 틀림없이 이긴다.

과연, 여기까지는 아직 《질서》 측이 유리하게 보일지도 모른다.

그러나, 오오, 보라.

마신 놈들이 주문을 외자 독기가 가득한 마풍이 전장에 휘몰아쳤다.

독기에 노출된 병사들의 피와 살이 산 채로 썩어 녹아내리고, 풀썩풀썩 쓰러져갔다.

그런가 했더니, 그들은 불쑥 몸을 일으키고 눈에 기이한 빛을 품은 채 무기를 집었다.

의심할 여지가 없이 망자가 되어 버리고 만 것이다.

좀비에게 물리고, 구울에게 먹히고, 와이트에게 영혼이 얼어붙은 자들이 그 뒤를 따랐다.

하늘과 땅으로 돌아가야 할 전사자들은 시체 병사가 되어 적병이 되었다.

이대로 싸움이 길어지면 길어질수록 《혼돈》 놈들은 점점 살을 찌워가리라.

시체들의 새벽(던 오브 더 데드)도, 그리 멀지 않으리라—.

"겁 먹지 마라! 그 몸은 놈들의 것이 아니다! 타도하여 전우로 되돌려 주어라!"

왕태자가 외쳤지만, 그 얼굴에 미약하게 조바심이 베어 나왔다.

왕태자는 전위의 오른편과 왼편에 정예 기사들을 배치했다.

그들이 앞으로 돌출되어 마신 놈들을 빙 둘러 포위해주면 좋겠지만…….

그때까지 몇 명의 기사가 죽을 것인가? 그리고 망자가 될 것인가?

그것은 이 싸움에만 그치는 것이 아니었다.

싸움이 끝난 다음, 사람을 어찌 키워야 할 것인가? 어찌 토지를 되살려야 할 것인가? 도시는?

설령 승리한다 해도, 과연 세상은 구원받을 것인가—?

"……."

—아니.

신들조차 주사위 눈을 조종할 수는 없다. 신이 아닌 몸이라면 더욱 그렇다.

왕태자는 말 위에서 고삐를, 굳고도 굳게 움켜쥐었다. 우선 눈앞의 일에 주력하리라.

자신의 재량만으로 결판을 낼 수 없다는 것이 이토록이나 아쉽다. 분하기도 했다.

싸움의 결말을 정하는 것은— 머나먼 끝자락.

죽음의 미궁(던전 오브 더 데드)에 도전하는 여섯 명의 모험가들이었다.

§

이제 그만 가자. 리더가 말하자 여사제는 눈을 떴다.

아니, 눈을 떴다는 것은 틀렸을지도 모른다. 그녀의 시야는 어둠에 닫힌 지 오래다.

응어리진 독기, 차가운 돌바닥의 감촉, 짓누르는 것처럼 덮치는 압박감.

위에서도 시작됐을 무렵이겠지. 리더는 무기를 점검하면서 짧게 중얼거렸다.

방과 방을 잇는 통로에서 휴식을 취하고 있다는 것을, 여사제는 새삼스레 떠올렸다.

철커덕철커덕 귀에 익은 미약한 소리는 리더의 갑옷이 내는 판금의 소리.

분명히 평소처럼, 그는 한쪽 날의 만도(彎刀)를 점검하고 있으리라.

"괜찮은가요?"

문득 누가 말을 걸자, 여사제는 퍼뜩 제정신을 차렸다.

지금도 이렇게, 모두 그녀의 말을 계속 기다려주었다.

"……그렇네요. 다음 기회는 없을 지도 모르는걸요."

그래서 그녀는 이제, 자신의 의견을 분명하게 입 밖으로 낼 수 있게 되었다.

"저는 결판을, 내러 가고 싶어요."

그러면 가자. 그가 말하자, 파티 멤버들이 서로 마주보고 나란히 고개를 끄덕였다.

"이대로 적의 우두머리와 결전이라. 재밌구만. 실력을 발휘할 수 있겠어."

"헷헷헷헤. 마신왕 따위 나한테 걸리면 쓱싹 해치울 수 있다우!"

"그러면, 못 이기면 네 탓이겠네에."

"어이쿠……."

"괜찮아요. 여러분 모두 의지하고 있는걸요."

남 일이 아니야. 여마술사에게 리더가 쓴웃음을 섞어 말하고는 걷기 시작했다.

그 뒤를 따르면서, 여사제는 아직 풍만하지 못한 가슴 앞에서 천칭검을 꾹 쥐었다.

몇 명이 살아남을지 알 수 없었다. 이 싸움에서 어느 정도 상처를 입을지 알 수 없었다.

지상에서 싸우고 있는 자도, 모두 다, 죽어버릴지도 모른다.

—그렇지만.

분명히 반드시, 세상은 구원 받을 것이다.

제1장 『주사위 눈과 경험과 해후』

Lifepath

누나가 누나가 아니게 된지 사흘이 지났다. 그래서 그는 움직이기로 했다.

누나는 결코 여기서 움직이면 안 된다고 했지만, 그 누나는 이제 누나가 아니다.

예를 들어서 해체된 고기와 살아있는 소를 똑같다고 생각할 수 있을까? 소시지와 돼지라고 생각해도 된다.

달걀은 병아리가 아니다. 병아리는 닭이 아니다. 닭은 고기가 아니고, 그리고 달걀도 아니다.

그— 이제 열 살이 된 그는 바닥의 틈에서 팔꿈치만 써서 기어 나왔다.

분뇨를 흘려댄 바지는 끈적끈적하고 가려웠지만, 참을 수 없을 정도는 아니었다.

그보다도 굳어진 관절이 풀어지지 않아 아팠고, 바닥이 삐걱거리지 않도록 노력하는 게 힘들었다.

다행히 놈들의 소동은 멀리로 이동한 모양이지만, 조심해서 나쁠 것은 없었다.

어떤 때라도 배는 고파진다고 배웠는데 신기하게도 공복감은 느끼지 않았다.

가까운 사람이 불타는 냄새에 배가 울리지 않도록, 입에 진흙을 물어넣고 있었기 때문일까?

이 주변 흙은 먹을 수도 있으며, 기근일 때는 흙을 먹는다고 누나가 가르쳐 주었다.

그보다도 신나게 놀던 한여름처럼 목이 바짝 마르고, 머리가 심하게 아팠다.

심장의 고동에 맞추어 얻어맞는 게 아닌가 싶을 정도로 관자놀이가 둔하고 무거웠다.

그는 방의 상태를 확인하지도 않고 바닥을 기어서 부엌으로 갔다.

냄비 따위는 뒤집혔고, 부엌칼은 빼앗겼다. 물병도 깨져 있었지만 바닥 쪽은 무사했다.

반으로 깨진 물병에 개처럼 고개를 처박고 탐욕스레 목을 축인 뒤 한숨.

그냥 물이 이렇게 맛있다면, 누나한테 억지로 설탕물을 조르지 말걸 그랬다.

그리고서 간신히 바닥 위에 앉아, 그는 입가를 닦지도 않고 집 안을 둘러보았다.

서랍장은 부서졌고, 마구 휘저었고, 누나의 의복은 끌려 나와서 여기저기 흩어져 있었다.

그 중에는 그가 누나의 생일에 선물한 리본도 있었다. 맨발의 발자국이 찍혀 있다.

벽에 장식된 아버지의 활은 부러졌고, 어머니의 약 가방은 찢어져 바닥에 널브러져 있었다.

막간 「모험의 도입부가 되는 일상다반사인 이야기」

Goblin Slayer
YEAR ONE
The Dice is Cast.

오늘도 변함없이 갱도 안에는 날카로운 금속음이 메아리 친다.

목적인 금을 찾아서, 지하로 지하로, 깊숙하게, 깊숙하게.

흄과 드워프와 다른 종족의 광부들은, 곡괭이를 휘둘러 바위를 부수고 산 아래로 파고들어 간다.

목표는 보물. 땅속에 잠들어 있는 금은보석. 일확천금도 꿈이 아니다.

"이래서는 마치 모험가 같구만."

누군가 말한 농담에 남자들이 껄껄 소리 내어 웃었다.

"괴물이 안 나오면 좋겠는데 말이야."

"이런 땅 속에 있는 건, 괴물 같은 것보다는 마신 같은 그런 거겠지."

또 웃음소리. 5년 전의 싸움을 잊은 것은 아니지만, 웃어넘겨야 한다.

살아가기 위해서는 매일 조금씩 쌓아가야 한다. 그리고 매일 즐기지 않으면 살아갈 수 없다.

어제 발견되지 않았어도 오늘은. 오늘이 아니면 내일. 내일 다음은 모레가 있다.

금맥을 발견하려면 이렇게 나날이 쌓아갈 필요가 있다는 것을, 그들은 잘 이해하고 있었다.

그리고 금이 발견된다고 그걸로 끝이 아니다.

이번에는 채굴이다. 계속해서 금을 캐내는 즐겁고 즐거운 작업이 기다린다.

광부들은 구질구질하지 않고, 나름대로 자부심도 가지고 있었다.

어쨌거나 왕후귀족의 장식품도, 시장에 돌아다니는 금화도, 그들이 없으면 만들 수 없다.

나라를 지탱하는 것은 우리들이다. 그리 생각하기에 가혹한 중노동도 열심히 할 수 있다.

집으로 돈을 보내고 싶은 자도 있다. 죄를 범하고 배상을 위해 온 자도 있다.

모험가가 되겠다는 바보 같은 꿈을 위해 돈을 모으려는 자, 여행 노잣돈을 벌러 온 자.

물론 그런 동료들의 내력이나 사정 따위 아무도 신경 쓰지 않는다.

중요한 것은 제대로 일을 해내는가 아닌가다. 모두 알고 있었다.

죄인이든 귀족의 셋째 도련님이든, 구멍 파는 일만 할 수 있다면 무슨 상관이겠는가?

"으랏차. 오늘은 이쯤 해두자."

"어~ 그래."

그렇게 아침부터 파고들어가 밤이 오고, 지하에서는 시간도 알기 어렵지만.

위에서 울리는 종소리가 몇 번씩 반향하면서 닿으면, 그제야 일이 끝난 것을 깨닫는다.

우글우글. 다들 도구를 메고서 철수하려는 참인데…….

“엉?”

광부 한 사람이 벽면에 박은 곡괭이을 잡고서 의심스레 표정을 찌푸렸다.

“왜 그래?”

“잠깐 좀 기다려봐. 뭔가 걸려서…….”

힘으로 확 뽑아낸 그 순간이었다.

그 곡괭이에는 부리가 없었다.

대신에 끈끈한 검은 액체가 땅에서부터 실을 끌면서 뻗어 있었다.

광부가 얼이 빠진 표정으로 그것을 바라본 다음 순간, 검은 점액이 기세 좋게 뿜어져 나왔다.

거무죽죽하고 끈적한 액체를 머리부터 뒤집어쓴 광부가 몸부림치며, 뭐라 말하지도 못하고 숨이 끊어졌다.

“으, 무, 뭐어어?!”

“뭐야! 무슨 일이야?!”

동료의 당황한 비명을 듣고, 돌아가려던 광부들이 우르르 돌아왔다.

다만— 돌아오지 않고 그대로 지상으로 갔어야 했다. 영리한 선택인지는 알 수 없지만.

달려온 그들이 우선 느낀 것은 살이 타 들어가는 불길한 냄새였다.

시체를 감싸고 뒤덮은 점액이 치이이익, 하얀 연기를 내면서 광부를 먹어 치우고 있었다.

가엾은 희생자는 눈앞에서 살이 녹아, 하얀 뼈만 남을 때까지 먹혀 버렸다.

“이…… 블롭(식인 점균)일지도 몰라! 소문으로는 들었지만……!”

"도망쳐라! 저건, 위험해!"

소중한 장사 도구인 곡괭이를 짊어지고, 혹은 내던지고 곧장 달리는 광부들.

땅속에서 솟아나온 점액은 계속해서 흘러넘치더니, 꾸물꾸물 기어서 그들을 뒤쫓았다.

과연 지표에 도망칠 때까지 몇 명이 잡아먹히게 될 것인지—.

《숙명》과 《우연》의 주사위는, 어디까지나 무자비했다.

제2장 『장비 조달』

쇼핑 익스팬션

어째서 싸우게 됐는지, 지금도 확실히 기억하고 있었다.

분명히 여덟 살— 정도였을 때였다.

외삼촌의 목장에서 소에게 산기(産氣)가 있으니 도우러 와주렴— 이라고 했다.

지금 생각해보면 그것은 어린애가 놀러 갈 수 있도록 구실을 만들어 준 것이었지만, 당시의 그녀는 깨닫지도 못했다.

도시에 갈 수 있다. 일도 받는다. 혼자서 마차에 탄다. 그 기쁨과 흥분으로 머리가 가득했다.

마치 제 몫을 하는 어른이 된 기분이었다. 바보 같았다. 지금은 알 수 있었다.

그에게 『좋겠지!』라면서 가슴을 펴고 자랑한 기억이 난다.

『너는 도시 같은 데 가본 적 없지?』라고 놀린 기억도.

두 살 연상. 옆집에 사는 남자애. 그렇다고 연하 취급을 받는 건 받아들일 수 없었다.

그래서 『같이 데리고 가줄까?』라는 말이, 도저히 나오지 않았다.

그에게 『가고 싶다』라는 말을 듣고 싶었다. 그녀는 뽐내면서 『알았어!』라고 말하고 싶었다.

하지만 그는 주먹을 꼭 움켜쥔 채, 고개만 숙이고 있었다.

그 다음에 그녀가 무슨 말을 해버렸는지, 직접적인 계기는 정말로 사소한 한 마디였을 것이다.

그가 뭔가 소리치고, 그녀도 뭔가 대답하고, 감정이 고조되어 뭐가 뭔지 알 수가 없게 됐다.

결국 둘이서 엉엉 울며 싸움을 해버리고 말았다.

그것은 그의 누나가 마중 나올 때까지 이어졌고, 그녀는 그에게 사과하지도 못했다.

다음 날에 마차를 탔을 때 배웅을 나온 것은 그녀의 부모님뿐이었다.

그래서 저녁놀 속에서 누나 손에 이끌려 집에 돌아가는 그 등이, 마지막으로 본 그의 모습이었다.

그 뒤로, 그와 만나지 못했다.

벌써 5년 전 일이다.

§

"우, 우응……."

멀리서 닭이 우는 소리가 들리고, 창문에서 들어오는 아침 햇살이 가차 없이 눈꺼풀을 찔렀다.

삼촌은 이미 일하고 있는지 밖에서 소리가 들렸다.

지푸라기 침대 안에서 계속 몸을 뒤척여봤지만 결국 소용없는 저항에 지나지 않았다.

기어이 굴복한 그녀는 시트에서 엉금엉금 기어 나와 알몸을 공기에 드러냈다.

"……졸려어……."

도무지 잠든 기분이 안 들었다. 그녀는 발육이 좋은 몸을 부르르 떨고 몸을 웅크렸다.

키와 가슴만 커져서 눈에 띈다. 되려 꼴 보기 싫다는 마음마저 들었다.

또래의 여성 — 을 그녀는 거의 몰랐지만 — 보다 잘 자란 것은 성장기이기 때문일까?

이런 식으로 자라도 그녀는 전혀 기쁘지 않았다.

얼굴을 감추고 싶어서 마구 기른 머리칼을 정리하지도 않고서, 느릿느릿 속옷과 의복을 입었다.

창을 열어볼까 힐끔 보았지만 그냥 관두었다. 도무지 그럴 기분이 안 들었다.

식당으로 나오자 테이블 위 바구니에 호밀빵이 쌓여 있었다. 커다란 냄비에는 간이 약한 식은 수프.

빵을 하나 집어서 수프에 적셔 우물우물 먹고 신들에게 양식에 대한 감사를 작게 중얼거렸다.

그리고 나서야 밖으로 나온 그녀는 주위를 둘러보고 금방 삼촌의 모습을 발견했다.

"안녕, 삼촌."

"아아, 잘 잤니!"

삼촌은 햇살에 그을린 험상궂은 얼굴에 미소를 짓고서, 작업하던 손길을 멈추고 인사를 받아주었다.

늦잠을 잤지만 삼촌은 꾸짖지도 않는다. 그녀는 아주 약간 입술을 깨물었다.

"아……."

삼촌이 말을 흐렸다.

"이 일을 끝낸 뒤에, 배달을 갈 생각인데……."

"아니."

너는 어쩔래? 삼촌의 말을 기다리지 않고, 그녀는 고개를 천천히 좌우로 흔들었다.

"나는, 됐어."

그녀는 어떻게 웃음을 지어냈다.

"도시는."

"……그러니."

삼촌은 씁쓸하게 표정을 찌푸리고, 작은 소리로 중얼거렸다. 그녀는 가슴팍을 손으로 꾹 눌렀다.

"……그럼 미안하다만, 소들을 좀 풀어놔라. 잘 먹여서 살을 찌워야지."

"응. 알았어."

고개를 끄덕이고, 그녀는 등을 움츠리면서 외양간으로 가서 소들을 방목했다.

손에 든 막대기를 휘두르며 훠이훠이, 훠이훠이 소리를 내서 소들을 유도했다.

봄의 햇살은 따끈따끈했고, 언덕에 핀 데이지는 살랑살랑 바람에 흔들렸다.

—싫은 꿈을 꿔 버렸어어.

잡지 못한다.

공부할 것도 많다. 잔업한 뒤에 집으로 돌아가 밥을 먹고는 간신히 잠드는 매일이었다.

몸치장에 시간을 들일 여유도 없어서, 화장도 옅고 머리를 땋아서 정돈하는 게 고작이었다.

세련되고 화려하며, 가련하고 일은 척척. 동경하던 재녀의 모습은 멀고멀었다.

학식 있는, 다시 말해서 부와 명예가 아우러진 집안 출신이라고 해도 귀부인이 될 의무는 없었다.

사교계에서 각 가문과 얼굴을 트고, 아버지나 남편의 일이 원활하도록 돕는 것도 중요한 역할이란 것은 알고 있었다.

그러나 후계자도 따로 있고, 저는 문관으로 출세하겠어요!

—그 결과가 이거라니.

"아, 이거. 고블린 퇴치 안건도 서류 기록 부탁해."

눈앞에 서류 다발이 턱 쌓이자 무심코 눈에 눈물이 맺힐 것 같았다.

—귀부인이 될 의무 이전에, 귀부인이 될 여유가 필요해…….

"괜찮아?

옆 자리 접수처를 담당하는 동료가 그런 모습을 보다 못해 물었다.

신관위를 가졌다고 알려준 그녀의 상냥함에는 언제나 도움을 받고 있었다.

"……네. 잠깐, 물 좀 가져올게요."

이 꼴이어선, 취미인 홍차를 끓일 여유가 있을 리 없었다.

비틀비틀 일어나 공용 물 주전자에 가서 자신의 이름이 적힌 컵에 물을 따랐다.

물은 미지근했지만, 그래도 메마른 목과 입술엔 무척 맛있었다.

신입 직원은 꿀꺽꿀꺽 소리를 내며 물을 마셨다. 후우, 한숨.

"우…… 손이 까칠까칠……."

종이에 수분을 빼앗긴 손을 의미도 없이 쓰다듬고, 찡한 눈가를 손가락으로 꾸욱꾸욱 문질렀다.

—또 고블린이야…….

고블린이란, 말할 것도 없이 가장 약한 괴물. 기도하지 않는 자(Non-Prayer)의 밑바닥이었다.

어린애 정도 체격과 완력과 지혜를 가졌다. 무리를 이루어 동굴이나 유적에 숨고, 마을을 습격하며 여자를 잡아간다.

강자에게는 아양을 떨지만 자기가 세상에서 제일 잘났다고 믿어 의심치 않으며, 약자를 괴롭히는 것에서 기쁨을 느낀다.

두세 마리가 마을에서 가축을 훔치고자 하는 것을 마을 젊은이들이 쫓아내는 것은 일상다반사.

길드에 의뢰가 들어오는 것은 사태가 그 이상이 되었을 때다.

그리고 대부분, 「그 이상의 사태」란 녀석은 끊이지 않는다. 매일같이 찾아온다.

모험가 파티가 하나 결성될 때마다 고블린 소굴이 하나 생긴다. 그런 말도 있을 정도였다.

—나라에서 뭔가 손을 쓰지 않는 걸까요?

그렇게 생각한 적도 있지만, 말단을 담당하는 그녀조차도 도저히 다 처리할 수 없었다.

애당초 마신의 왕이 이끄는 혼돈의 폭풍이 5년 전까지 나라 전체를 덮었었다.

마신왕 토벌로부터 5년이 지난 지금까지도, 패주하여 각지에 잠복한 잔당이 우글거리고 있었다.

도회지의 어둠 속에서 음모를 꾸미며 날뛰는 다크 엘프(어둠 종족) 암살자들.

지하 유적의 심연에서 수상쩍은 의식을 벌이며 재기를 꾀하는 사교도 집단.

오두막을 꾸미고 탑을 세워, 죽은 자를 이용한 역겨운 실험을 반복하는 사령술사(네크로맨서).

제어를 벗어난 혼돈의 괴물들도 세상을 제멋대로 날아다니고 있었다.

—산속 깊은 곳에 있는 드래곤을 퇴치하고 싶은 사람은 그렇다 치고…….

고블린 따위는 수가 많을 뿐이지 가장 약한 괴물이란 것에는 변함이 없다.

"하긴, 모험가 여러분도 고블린이 아닌 것과 싸우고 싶겠죠……."

서류를 만드는 그녀도 지긋지긋하다. 퇴치하는 쪽도 분명 그럴 것이다.

앞으로 매일 고블린 퇴치 서류를 써야 한다고 하면 그녀는 분명 항복해버릴 것이다.

다시 한 번 깊숙하게 한숨을 내쉬고, 신입 직원은 자신이 맡은 접수처로 돌아왔다.

산더미처럼 쌓인 고블린 퇴치 서류를 정리하고 게시할 수 있도록 해야 한다.

게시해봤자 과연 몇 명, 몇 팀이 받아줄지는 알 수 없었다.

생각만 해도 위가 따끔거리고, 닦아낸 눈물이 또 나올 것 같았다.

"하으으……."

"에이, 기죽지 말고 힘내."

"응……."

비틀비틀 자리로 돌아온 그녀를, 옆 자리의 동료가 웃으며 위로해 주었다.

"의무라는 건 말야, 정의로운 사명이란 거야. 좀 더 정신 차리고 해야지!"

—……위로해 준 건가요?

지고신이 아니라 지모신을 섬기는 신관이었다면 좋을 텐데, 불손한 생각이 슬쩍 떠올랐다.

그랬다면 조금 더, 상냥하게 위로를 해줄 것 같은데…….

그렇지만 신경 써주는 건 아무리 감사해도 부족하다.

"그리고, 점심은 먹었어?"

신입 직원은 머리채를 흔들면서 고개를 좌우로 흔들었다.

"시간이 없어서……."

"됐으니까 얼른 먹어 버려. 일을 하려면 밥 먹는 건 중요해! 아차, 다음 사람 온다!"

"……네."

"자, 미소미소!"

동료는 그렇게 말하며 격려해줬지만, 신입 직원은 도저히 식사를

§

"그러니까, 아무래도 전설의 검 같은 건 없겠……지?"

눈을 반짝반짝 빛내는 청년이 내뱉은 망언은 공방의 노인장에게 역겨울 정도로 두통을 일으켰다.

"그런 걸 가게에 둘 리 없지 않느냐?"

"하긴. 그럼 사연 있는 마검이라거나, 그런 건?"

"가게에서 파는 거 아니다."

미간을 문질러 푼 노인은 고개를 옆으로 저었다. 차라리 쫓아내 버릴까 생각했지만, 관두었다.

"첫째로, 마법의 무구란 것은 가벼운 마력 부여만 하는 거라도 자릿수가 다르다."

"으으음…… 그럼, 그러니까—."

청년은 여전히 반짝이는 눈동자로 진열된 무기를 희희낙락 바라보고 손에 집어보았다.

"어쨌든지, 예산을 말해라, 예산을. 돈이 없으면 무구는 못 판다."

"그, 그래. 그러면, 저기……."

청년은 주머니를 뒤져서 지갑을 꺼냈다.

"이걸로 살 수 있는 제일 강한 무기를 줘."

—제일 강한 무기라고 나왔구만!

공방의 주인인 노인은 깊게 한숨을 쉬었다. 또 이런 녀석이군.

모험담을 동경하여, 스스로도 그렇게 될 수 있다고— 자신도 영웅 후보생이라고 믿어 의심치 않는 젊은이들.

이토록 무지몽매한 녀석도 드물지만, 결국 거기서 거기다.

제대로 다루지도 못할 대검이나, 기동력 중시라며 부위를 떼어낸 갑옷.

아는 지식이라고는 주점에서 주정뱅이 시인이 노래하는 영웅담이 전부였다.

작금의 유행이라고 하면 어쩔 수 없지만, 무기를 만드는 그의 입장에서도 지긋지긋할 때가 있다.

노인은 충고를 한 마디 해줄까 생각했지만, 해서 어떻게 될 것 같지도 않다.

"……검이면 되나?"

"응. 검이 좋겠어."

앞으로 내민 돈 주머니를 건네받은 노인은 결국, 솔직하게 고개를 끄덕이는 젊은이에게 검을 마련해주기로 했다.

한손검? 양손검? 청년이 입은 장비는 두꺼운 가죽옷. 전위로서는 불안하다.

"방패나 투구는 필요 없냐?"

"투구는…… 됐어. 얼굴이 안 보이게 되잖아."

노인도 딱히 번지르르함을 중시하는 게 나쁘다고는 말하지 않았다. 말할 생각도 없었다.

모험가는 얼굴과 이름을 파는 것도 일이다. 안 그러면…….

—영웅이 되고 싶다고 한 번이라도 생각지 않은 녀석이 있겠는가?

"……그러면, 다른 말은 안 하마. 하다못해 방패 정도는 들어라."

"써본 적 없는데 말이지……."

"그래도다."

노인장이 말하자 청년은 마지못한 기색으로 고개를 끄덕였다. 그러면 된다.

노인의 말을 듣는 걸 보니 이 모험가는 그나마 나은 편이다. 어디까지나, 그나마.

시골에서 낡은 무구를 끌어안고 온 녀석이나, 얘기를 듣지도 않고 장비를 사가는 녀석이 얼마나 많은지 모른다.

그리고 이 노인장이 말참견을 해봤자 실제로 모험에서 괴물과 싸우는 건 노인장이 아니다.

어떤 장비를 갖추어도 죽을 때는 죽는 법이니, 제가 좋다는 차림새를 하도록 해줘야 마땅치 않겠는가?

다른 사람이 이래저래 참견을 해서 자신의 의지가 무시된 장비로 싸우다 죽는다면, 그저 무참할 뿐이다.

―설령, 그것이 아무리 바보 같고, 꼴사납고, 우스꽝스럽다고 해도―.

자신의 의지로 세상에 나서겠다고 정한 젊은이의 첫걸음을 어찌 비웃을 수 있겠는가?

노인도 태어나서 처음으로 망치를 쥐고, 검을 벼리려고 도전했을 때를 돌이켜 보면…….

"오?"

―그때였다.

길드 접수처 쪽에서 성큼성큼 거침없는 발걸음으로 젊은이 하나가 공방에 들어왔다.

"장비가 필요하다."

"그야 그렇겠지."

노인장이 무심코 눈썹을 찌푸릴 정도로 무뚝뚝하고 퉁명스런 한 마디였다.

방금 전까지 무구를 사던 청년 또한 흥미진진한 기색으로 귀를 기울이고 있었다.

노인장은 저리 가란 식으로 손을 내젓고 눈앞의 젊은이를 마주 보았다.

—볼품없는 차림새구만.

척 보기에도 시골에서 뛰쳐나와 오랜 여행을 한, 무뢰한의 행색이다.

"……돈은 있냐?"

"있다."

그는 그리 말하고 목에 걸어둔 작은 가죽 주머니를 꺼내 카운터에 던졌다.

잘그락 소리가 나며 안에 든 화폐가 무너졌다.

노인장이 손가락 끝으로 집어서 주머니를 열더니 안에 든 금화 한 닢을 끄집어내 깨물었다.

금박은 아니다. 진짜인 모양이군.

지갑에 들어간 꽃무늬를 손바닥으로 쓰다듬고, 노인장은 그를 찌릿 노려보았다.

"어머니나 누나 지갑이라도 슬쩍 해온 거냐?"

"……."

한 박자 뒤에, 그가 고개를 끄덕였다.

"그렇다."

그 대답에 노인장은 불만스레 콧방귀를 뀌었다. 농담인지 진담인지 알 수가 없었다.

그러나, 눈앞에 이렇게 돈이 있다. 돈이 있다면 손님은 손님이다.

"……그래서, 뭘 살 거냐?"

"단단한 가죽 갑옷과 둥근 방패."

"호오……."

노인장이 가볍게 소리를 흘렸다.

저 너머에서 청년이 물음표를 띄우는 것도 개의치 않고, 노인장은 젊은이의 모습을 새삼 관찰했다.

근력은 충분하다. 전사로 확정. 아마도 겸업. 척후(스카우트)나 탐색자. 양쪽 다여도 이상하지 않았다.

"무기는?"

"검…… 한손검으로."

"방패를 든다면 당연하겠지. 그럼 이거다."

노인장은 주저 없이 카운터 뒤에 진열된 검 중에 하나를 골라 집더니 그에게 건넸다.

철검이었다. 딱히 아무런 특징적인 부위도 없다. 아무 특색 없는, 그야말로 **칼**이었다.

그는 그것을 받더니, 칼집을 허리띠에 끼워서 고정했다. 무게 탓인지 약간 몸이 기울었다.

―신입들이야 뭐 다들 그런 법이지.

"그리고 가죽 갑옷은 뒤쪽 선반에 있다. 방패는 그 벽에 걸려 있고."

"알았다."

그는 몸의 기울기를 억지로 고치더니, 역시 성큼성큼 방금 들은 장소로 갔다.

진열대에서 가죽 갑옷을, 벽에서 방패를 집어 드는 동작은 약탈하는 강도 같을 정도였다.

노인장이 그것을 보고 멈칫하는 틈을 타서 물러나 있던 청년이 삭 움직였다.

"이, 이봐. 너도 오늘 모험가 등록을 한 거야?"

그는 대답하지 않았다. 그러나 묵묵히 고개를 세로로 흔들기에 청년은 생글생글 웃으며 말을 이었다.

"나도 그렇거든."

청년이 가슴을 쭉 폈다.

"괘, 괜찮으면 함께 모험하러 안 갈래?"

"모험."

젊은이는 낮은 목소리로 중얼거렸다.

고양되어 들뜬 청년과는 달리, 마치 땅바닥을 기는 듯한 목소리였다.

"고블린인가?"

"아니, 말도 안 돼!"

담담한 질문에, 청년은 비명처럼 외치더니 온몸을 붕붕 흔들어 부정했다.

"내 이상은 좀 더 높다고. 고블린보다, 좀 더 뭐랄까, 미지의 유적이라든가……."

"고블린이다."

"어?"

"나는 고블린을 퇴치하러 간다."

그 말을 끝으로, 젊은이는 청년에게서 흥미를 잃은 모양이다.

익숙하다고 할 수는 없지만 재빠른 동작으로 갑옷을 입고 팔에 방패를 고정시켰다.

원형 방패는 자그마하고, 팔에 끼우는 끈 말고도 손잡이가 달려 있었다. 움켜쥐고 가볍게 휘둘러보았다.

방패를 내밀고 검을 뽑은 뒤, 다시 칼집에 넣는다. 잠시 몸을 움직여 보고 그는 고개를 끄덕였다.

"사지."

"고맙구만."

"남은 금화는 몇 닢인가."

"이 정도다."

노인장이 말하고서 자르륵, 지갑 내용물을 카운터에 쏟았다.

그리고 열 몇 닢의 금화 대부분을 손으로 모아 카운터 뒤로 떨구었다.

나머지는 불과 몇 닢. 청년이 가게 이름의 운을 따서 「바가지」라고 중얼거리다 노인장의 눈총을 맞았다.

"하드 레더를 만드는 데는 수고도 들어서 비싸다. 싫다면 다른 데서 사라."

노인장은 갑옷을 기름으로 끓이고, 보강물을 덧대는 고생을 일일이 가르치는 우를 범하지 않았다.

젊은이는 딱히 신경 쓰는 기색도 없이 금화를 한 닢씩 손가락으로 짚으며 다시 셌다.

"포션은 살 수 있나?"

"포션은 다음부터 접수처에서 사라. 뭐, 이쪽에도 있긴 하다만……."

노인장은 재빨리 금화를 더욱 빼내고, 대신에 카운터 뒤에서 작은 병을 2개 꺼냈다.

나란히 늘어놓은 그것은 옅은 녹색 액체가 흔들리고 있었고, 희미하게 약초 냄새를 풍겼다.

해독제 치유의 물약
"안티도트와 힐 포션이다. 이거면 되냐?"

"그래."

그가 대답하고 물약 병 2개를 누더기 가방에 던져 넣었다.

금화는 나머지 1닢.

"……그리고, 뭔가 필요한 것이 있나?"

"그렇구만……. 모험가 세트를 가지고 있어야지. 그리고 단검 한 자루에……."

노인장은 젊은이의 차림새를 머리끝부터 발끝까지 가만히 살폈다.

가죽 갑옷을 입었고, 두 손에는 검과 방패. 누더기 가방을 끌어안은 모습은 새내기 모험가 그 자체였다.

"……굳이 따지자면, 투구로구만."

"투구."

"기다려라. 싼 게 있으니."

말을 남긴 노인장은 공방 안쪽 창고로 어슬렁어슬렁 걸어갔다.

이미 살 것을 대강 다 산 청년은 이미 상당히 미심쩍은 눈으로 젊은이를 살피고 있었다.

막간 「그들의 첫 체험 이야기」

“좋았어. 그럼 가자……!”

나무들에 파묻힌 것처럼 입을 벌리고 있는 동굴 앞에서, 중장 전사는 한껏 위세를 부리며 기합을 넣었다.

별 다를 것 없는 의뢰— 일 것이다.

고블린 퇴치. 딱히 특색 없는 괴물 퇴치(핵 앤 슬래시).

듣자니 고블린 놈들이 마을 근처에 둥지를 마련했는지, 가축이다 뭐다 도둑맞았다고 한다.

이대로 가면 언젠가 사람을 공격합니다. 늦기 전에 퇴치해 주시오—. 흔한 일이다.

그가 고향 마을에 있을 무렵 — 꼬맹이 시절이다 — 에도 그렇게 모험가가 온 기억이 있었다.

추억 속의 그들은 상당히 어엿하고 멋졌으며, 꽤 익숙해 보였었는데…….

—막상 내 차례가 되니, 이거야 원.

중장 전사는 의미도 없이 양손을 쥐었다 폈다 하면서 익숙하지 못한 장갑 상태를 조정하려고 시도했다.

별 거 없다. 모험가라면 누구나 처음에 받게 되는 일이다. 그렇게 긴장할 필요도 없었다.

—아니, 정말로 그런가?

만약 만에 하나라도 져서, 엉금엉금 기어서 도망치게 되는 꼴이 되면 어떻지?

그렇게나 큰소리를 치면서 떠나온 고향으로, 불과 보름 만에 돌아가게 되는 것이다.

—그것만은, 사양하겠어……!

그냥 꼴사나운 정도가 아니다.

애당초, 친구에게 좋아하던 여자를 빼앗긴 직후란 말이다.

도망쳤는데, 도망친 곳에서 다시 도망쳐 돌아가 어떤 표정을 지으면 되냔 말이다.

아니, 그냥 내가 짝사랑을 했던 것뿐이고, 좋아한다고 말한 적도 없었……던 것 같긴 하네.

그러면 빼앗긴 건 아닌가? 모르겠지만, 뭐 어쨌든.

적어도 그 두 사람을 방해할 생각은 없었고, 한심한 모습을 보이고 싶지도 않았다.

—나도 마을에 온 고블린 정도라면 쫓아낸 적이 있어.

그러니까 어지간한 일이 없는 한 괜찮……을 것이다. 혼자도 아니니까.

—……그러고 보니, 마을에 온 모험가도 파티를 짜고 있었지.

중장 전사는 문득 그렇게 생각하고 수풀에서 내디디던 발길을 멈추었다.

"……뭐야, 왜 그래? 안 가나? 안 간다면 내가 선두에 선다."

옆에서 여기사가, 미모와 반대로 악동 같은 두근두근 거리는 기색의 웃음을 짓고 있었다.

이미 검을 뽑은 걸 보니 야만족에 뒤지지 않는 호전적인 태도가 노골적이었다.

—주점에서 투덜거리고 있는 걸 꼬드겨서 동료로 삼은 게 틀린 선택이었을까?

"아니, 좀 생각하느라……."

그런 것을 한순간 느끼며, 중장 전사는 확인하듯 고개를 좌우로 흔들었다.

임시라도 — 정말로, 임시다 — 파티의 리더이다. 할 일이 많지, 않을까?

중장 전사는 마을의 밭일을 도울 때 아버지가 어떻게 행동했는지를 필사적으로 생각했다.

"어이, 꼬맹이들. 어어어, 주문 쓸 수 있는 쪽이다."

"얼른 이름 정도는 기억해 주세요!"

소녀 무술사(드루이드)가 귀엽게 볼을 부풀리며 항의했다.

그 옆에는 소년 척후가 나이프를 손에 들고 뻣뻣한 동작으로 동굴을 노려보고 있었다.

둘 다, 차림새는 뭐 그나마 모험가답기는 했지만 참으로 빈약했다.

—아무리 그래도 너무 꼬맹이잖아…….

음유시인의 노래에서 얻은 지식을 토대로 마술사와 척후를 찾아봤지만, 결과가 이거였다.

연령을 얼버무리고 모험가가 된 꼬맹이……. 그러나 지금은 이 둘을 의지하는 수밖에 없었다.

—무리를 시킬 수는 없지만 하는 수 없지.

"마법은 아껴둬라. ……무슨 일이 있을지 모르니까."

그것은 틀림없는 그의 본심이었다.

설마 용이 있을 — 드래곤에게는 손대지 말라고 했다 — 리야 없겠지만, 만에 하나라는 게 있다.

가도를 걷다가 드래곤과 우발적 조우(랜덤 인카운트)했다는 교훈 이야기는 유명하니까.

중장 전사는 그렇게 지시를 내린 자신이 겁을 먹은 것 같은 기분이 들어서 리더답게 한 마디 덧붙였다.

"낭비하지 말고."

"아, 알았어요."

소녀 무술사가 양손으로 지팡이를 단단히 쥐고, 고개를 몇 번이고 위 아래로 끄덕끄덕 움직였다.

"그리고."

중장 전사는 눈도 깜빡일 기색이 없는 소년 척후를 보았다.

"어이."

"그, 그래!"

뻣뻣하게 굳어 버린 소년 척후가 깜짝 놀라 쉰 목소리로 대답했다.

—이럴 때는 어떡하면 좋은 거지?

중장 전사는 필사적으로 머리를 굴려, 고향 마을의 울타리에 고블린이 왔을 때를 떠올려 보았다.

"……너는 심호흡해. 내가 됐다고 할 때까지 후우하아 해봐라."

"아, 알았어!"

열심히 몇 번씩 고개를 끄덕이는 걸 보니 효과가 있는지 알 수 없었다.

그러나 차분해지려는 노력은 시켰다. 이거면 되겠지.

—그렇지만, 뭔가 그…… 또 없나?

막상 모험, 막상 고블린 퇴치, 그 직전에 이 꼴이다.

뭔가 좀 더 해야 할 일, 해둬야 할 일, 해야만 하는 일이 있지 않을까?

정체 모를 불안에 휩싸여 무심코 표정을 찌푸린 중장 전사는 하프 엘프 경장 전사에게 말했다.

"……야, 이럴 때 또 뭐 할 거 있나?"

"그렇네요—."

경장 전사는 무슨 생각을 하는지 잘 모를 태도로 고개를 찬찬히 기울였다.

우아한 움직임으로 파티의 동료를 빙 둘러본 하프 엘프는 「아아」 하고 태평하게 손뼉을 쳤다.

"일단 대열을 정해두죠. 『무슨 일이 있을지 모른다』잖아요?"

"대열이라……."

척후는 가장 앞. 전위직이 그 다음이고, 후위에 주문술사, 였던가?

빈약한 지식을 총동원해서 생각하는 중장 전사의 어깨를 여기사가 손가락 끝으로 콕콕 찔렀다.

"참고로 나는 치유의 기적을 받았다!"

어째서 여기사는 그것을 지금 이 자리에서 말하는 걸까? 말해서 뭐가 된다는 걸까?

자랑할 정도로 여성적이지 않은 가슴을 펴며 자신만만한 여기사에게서 눈길을 돌리고, 중장 전사가 숨을 내쉬었다.

적지 않은 돈을 짜내서 포션을 샀는데, 신들에게 치유를 탄원할 수 있다면 필요 없었군…….

—아니, 그렇지. 무슨 일이 있을지 모른단 말이지.

“여기서 안 써도 다음에 쓸 일이, 있을지도 모르지. ……좋아, 좋아, 좋아.”

그러니까 좋다. 쓸 수 있는 수단이 하나 늘어났으니 솔직하게 기뻐해야지.

그렇게 생각한 중장 전사는 문득 소녀 무술사를 보고 몇 번째인지 모를 한숨을 쉬었다.

중얼중얼 반복하여 주문을 외면서 복습에 여념이 없는 모습. 참으로 위태로웠다.

마치 첫 심부름을 나서는 어린애 같았다. 그렇게 틀린 것도 아닌 것 같군.

혼자서 최후미를 맡겼다간 떨어져서 미아가 되거나 발이 걸려 넘어질 것 같았다.

—……뒤에도 전위 한 사람을 둬야겠다.

“그러면 기적을 쓸 수 있는 기사님은 맨 뒤에. 최후미를 맡긴다.”

“그래, 나한테 맡겨!”

텅 갑옷의 가슴팍을 두드린다. 아무리 봐도 불안밖에 안 느껴지지만 뭐 좋아.

생각난 것은 전부 했다. 그렇게 생각하자 중장 전사는 조금 마음이 편해졌다.

"좋아, 그럼 가보자……!"

소년 척후의 등을 두드리고, 중장 전사는 **대검**을 지고서 앞으로 나섰다.

그 대검이 벽에 걸려 뼈아픈 꼴을 당하는 것은 약 15분 뒤였다.

제3장 『최초의 모험(튜토리얼)』

Goblin Slayer YEAR ONE The Dice is Cast.

그 동굴은 마을 변두리의 숲 속에서 홀연히 모습을 드러내고 있었다.

언제부터 그곳에 있었는지 마을 사람들 중 아무도 기억하지 못했다.

오래 전부터 있었던 것 같기도 하고, 최근 들어서 갑자기 나타난 것 같기도 했다.

오래 개척되지 않았던 변경의 땅에는 이따금 있는 일이었다.

세상은 계속해서 변천한다.

정확한 지리를 파악한 자는 설령 엘프들 중에도 없었다.

그리고 그 동굴에 고블린이 살기 시작했다.

5년 전의 전쟁에서 도망친 패잔병인지, 아니면 그렇지 않은 야생의 고블린인지는 알 수 없었다.

그러나 적어도 고블린이 그 동굴에 나타나서 마을을 공격하고, 가축을 빼앗고, 이윽고 여자를 잡아갔다.

흔한 이야기라고, 그는 생각했다.

모험가 길드에 의뢰를 하는 것까지 포함해서 흔히 있는 일이다.

지금 그는 그 동굴 바로 앞, 숲 속의 수풀에 몸을 숨기고 하염없이 때를 기다리고 있었다.

꼭대기에 올랐던 해가 기울어 저물어가는 몇 시간을, 그는 관찰에 소비했다.
고블린 놈들은 눈치 챈 기색도 없이 소굴을 들락날락 하고 있었다.
파수꾼은 성실하지 못했고, 반쯤 타성에 젖어 서 있다는 걸 알 수 있었다.
신경 쓰이는 것은 입구 옆. 오물의 산 옆에 세워진 기묘한 탑 같은 것인데…….
—함정 같은 건 아닌 모양이다.
드나드는 고블린의 수, 무기, 그밖에 여러 가지. 숨을 죽이고 그저 지켜보았다.
사냥꾼에게는 필요한 기술이라고 누나가 말했던 기억이 있다.
사슴은 겁이 많은 생물이니 자연의 일부 같지 않으면 도망쳐 버린다고 했다.
아버지는 그것이 상당히 특기였다고 한다. 실제로 보는 일은 기어이 없었지만.
이윽고 태양이 서쪽 하늘로 기울고, 하늘은 으스스한 보라색으로 물들기 시작했다.
어떻게 된 건지 동굴 입구에 파수꾼이 안 보였다. 안으로 들어간 거겠군.
—때가 됐다.
그는 천천히 수풀에서 일어나서 일단 굳은 몸의 관절을 풀었다.
도시에서 마을까지 이동하면서 몸에 익히려고 했지만, 처음 입어 보는 갑옷은 역시 조금 무거웠다.
그리고 관절이란 것은 엎드려 있기만 해도 뻣뻣해진다.

—다음부터 쉴 때는 보호구의 벨트를 느슨하게 푸는 게 좋겠군.

관절을 움직여 풀어낸 그는 이어서 무구의 준비를 갖추었다.

투구의 면갑을 움직여 보고, 검을 칼집에서 뽑아 칼날을 점검한 뒤 다시 넣었다.

팔에 고정한 방패의 손잡이를 쥐고, 가볍게 휘둘러 움직여봤다. 문제없다.

그는 수풀이 흔들리지 않도록 주의하며 빠져 나와 천천히 동굴 입구로 걸어갔다.

평소의 성큼성큼 거침없는 발걸음과 달리 세심한 주의를 기울이고 있었다.

짐승의 두개골을 조합한 기괴한 탑 옆을 지날 때, 그는 오물의 산 옆에서 문득 멈춰 섰다.

불빛을 붙여야 할까, 아닐까? 그밖에 또 뭔가 잊은 것은 없을까?

광원이 있다는 것은 눈으로 보이는 거리에서 존재가 알려진다는 것이다.

그러나 적은 처음부터 이쪽을 어둠 속에서 발견할 수 있다. 그렇다면 빛이 없으면 그저 불리할 뿐이다.

그는 누더기 가방에서 횃불을 꺼내 부싯돌로 불을 붙이고서는 문득 손길을 멈추었다.

"……."

그는 더 빨리 깨달았어야 할 당연한 일을 그제야 깨달았다.

—이래선 횃불을 들 수 없다.

오른손에는 검, 왼손에는 방패. 검을 놓는 것은 있을 수 없는 일이고, 그렇다고 방패를 놓을 생각도 없었다.

방패 손잡이에서 손을 떼고 횃불을 들어봤지만. 손목을 심하게 굽힌 탓에 팔을 움직이기 힘들었다.

지독히도 짜증스런 신음이 입에서 흘러나왔다.

자신의 어리석음과 멍청함이 싫어졌다. 스승이 봤다면 얼마나 비웃었을까?

그는 동굴 입구를 살피면서, 잠시 시간을 들여 생각한 다음 포기했다.

오른손에는 횃불, 왼손에는 방패, 검은 허리의 칼집에, 등에는 누더기 가방.

횃불이라지만 나무 막대인 이상 곤봉 대신 쓸 수 있으리라.

돌아가면 방패 손잡이를 떼어내리라 결심하면서, 그는 동굴 안으로 발을 들였다.

—돌아갈 수 있을 때 이야기라는 것을, 이미 알면서도.

§

"너, 나에게 가르침 받게 된 네 녀석이 운 좋다고 생각하는 건 아니겠지?"

그것은 분명히, 그 레아 노인이 그를 얼음 동굴에 차 넣었을 때 했던 말이다.

데굴데굴 굴러간 곳은 오물과 잔반이 흩어진 불결하기 짝이 없는 공간이었다.

레아의 소굴은 지상에서 가장 지내기 편한 공간 중 하나라고 한다. 나중에서야 그런 평가를 듣게 되었다.

온화한 나날과 생활을 참으로 사랑하는 초원의 백성. 명랑쾌활하며 자기 마음 가는 대로 산다.

그러나 무슨 일이든 예외는 있다. —레아 노인이 그랬다.

노인은 그가 기침하는 것을 무시하고, 입구를 막는 나무문을 닫더니 빗장을 걸었다.

“운이 좋다는 건 말이다. 아무것도 안 배웠는데 뭐든지 할 수 있는 녀석이다.”

불빛이 없는 공간은 순식간에 어둠으로 뒤덮였다.

간신히 호흡을 가다듬고 주위를 둘러본 그는 이제 아무것도 볼 수 없었다.

다만— 그림자 속에서 번뜩이는 노인의 눈.

그것이 그를 보고 있다는 것만 깨닫고, 그는 숨을 삼켰다.

“하지만 넌 그렇지 않다. 너 혼자서는 아무것도 못한다. 할 수 없는 망할 꼬맹이다.”

“네, 선생님.”

그는 그제야 간신히 대답했다. 신기하게도 살해당할 거란 생각은 안 들었다.

살해당하거나, 살해하거나, 그런 감정은 그 마을에서 뼈아플 정도로 알게 되었다.

그렇지만— 아마도 이 노인은 그런 생각도 하지 않고 담담하게 죽일 거라 생각했다.

“너, 나에게 가르침을 받으면 강해질 거라고 생각하고 있겠지.”

네. 라고 말하기도 전에 어둠 속에서 날아온 무언가가 그의 이마에 격돌했다.

메마른 소리가 나면서 깨지고, 이마에 타오르는 고통이 흐르더니 핏방울이 흘렀다.

레아 노인은 넘어진 그를 걷어차고서 위에 올라타듯 다가왔다.

“멍청한 놈. 무기 따위를 들기만 했다고 강해질 리 없다.”

접시다. 그는 깨달았다. 접시에 맞은 것이다.

접시로 맞은 것뿐인데 이렇게 아프다는 것을 그는 태어나서 처음 알았다.

“소화해라. 장비해라. 하고 싶은 일이 있는데 수단을 가리다가 아무것도 못해서야…….”

생각해 보면, 그것이 그가 처음으로 선생님에게 배운 것일지도 모른다.

“살아 있어도, 의미가 없다.”

§

동굴 안은 한 걸음 들어서자마자 악취가 가득 떠도는 꼴이었다.

썩은 쓰레기. 때. 분뇨. 그리고 음행의 흔적이 뒤섞인 냄새.

그에게는 익숙한 냄새다. 큰 문제가 아니었다.

그러나 어둠 속을 보는 것은 제법 힘든 일이었다.

아무리 횃불이 있어도 어둠은 짙고 강하다.

불꽃에 비쳐 흔들리는 그림자는 그곳에 뭔가 숨어 있지 않은가 의심하게 만든다.

—아니, 숨어 있는 것이다.

그것은 의심할 여지가 없는 사실이었다. 여기가 어딘지를 잊지 마라. 여기는 고블린의 소굴이다.

—냄새에 익숙해지려면 일부러 코로 호흡하면 된다. 흄의 감각은 참 편리한 구조니까.

그는 멈춰 서서 호흡을 가다듬고 조심조심 한걸음씩 착실하게 앞으로 나아가기 시작했다.

습기 찬 흙과 바위, 그곳에 이끼가 돋아서 까딱하면 발이 미끄러질 수 있었다.

그는 발치에 의식을 집중했지만, 금세 어둠이 신경 쓰이기 시작했다.

다음으로 갈 방향에서 기다리고 있는 것. 머리 위. 동굴 그 자체가 그를 짓눌렀다.

호흡이 얕고 빨라졌다. 모든 것을 신경 쓰려 하자 현기증이 날 것 같았다.

"……하나씩이다."

그는 자신에게 들려주듯 중얼거리고 바위 그림자에 횃불을 비추었다.

착실하게 제거해가면 된다. 몸이 편해지려고 수고를 아낄 생각 마라. 스승이라면 그렇게 말할 것이다.

그는 호흡을 정돈하면서 주위 소리를 놓치지 않도록 귀를 기울였다.

자신이 숨을 내쉬는 억눌린 소리 말고 키이잉, 미약한 이명 같은 것이 들렸다.

그것이 정적 탓인지 자신이 긴장했기 때문인지 그는 판단하기 어려웠다.

투구를 벗어서 이마의 땀을 닦고 싶었다. 물론 그럴 수는 없다.

몇 번이고 눈을 깜박이기를 반복하다가 문득, 그는 어둠 속을 노려보았다.

기분 탓일지도 모른다.

그러나, 그렇지 않을지도 모른다.

그는 반사적으로 오른손의 횃불을 꿈틀거리는 그림자에게 때려 박았다. 횃불과는 다른 춤추는 그림자에게.

“GOOROB?!”

비명이 들렸다. 탁한 목소리. 아직 살아 있었다. 그는 뛰어들어서 미간에 다시 일격을 때려 박았다.

으직. 과실을 두드렸을 때처럼 징그러운 손맛과 함께, 뇌수를 튀기며 고블린의 숨이 끊어졌다.

“……끄, 하.”

숨이 새어 나왔다. 동시에 허리에서 힘이 빠질 것 같았다.

그는 절반쯤에서 부러진 횃불의 불이 피보라를 맞아 꺼져가는 것을 깨달았다.

그러나 버리고 싶어도 어째선지 손에서 떨어지지 않았다. 아니, 손이 놓지를 않는다.

부들부들 떨릴 정도로 손가락에 넣은 힘이 도무지 느슨해지지 않았다.

"……."

그는 역겨운 기색으로 혀를 차더니, 왼손을 써서 억지로 손가락을 풀어 횃불을 내던졌다.

약한 불꽃이 동굴의 땅을 굴러갔지만 아직도 계속 약한 불이 남아 있었다.

—별다른 큰 일도 아니었을 텐데.

그는 스스로에게 말했다. 고블린을 죽인다는 것은 별 것도 아닌 일이다.

한 마리. 아직 한 마리. 고작 한 마리. 그러나 죽였다. 그것을 반복해서 확인하고, 그는 다음 횃불을—.

"GOBGG!"

"GBBGROBG!"

꺼내는 것보다 빠르게, 오른손에 검을 뽑고 있었다.

다음 순간, 등 뒤에서 무수한 고블린이 한꺼번에 소리치며 뛰어들었다.

돌아보자마자 쓸어 베려던 검이 덜커덕, 불길한 소리를 내며 손에서 빠져나갔다.

암벽에 걸린 것을 깨달았을 때에는 고블린의 몸통 박치기를 받아 깔리고 있었다.

누더기 가방이 등 밑에서 철커덕철커덕 격렬한 소리를 내고 있지만 신경 쓸 틈도 없었다.

"GROB! GOOROGB!!"

"GROORB!!"

고블린이 역겹게 웃으며 양손에 쥔 단검을 들어 올렸다.

꺼져 가는 횃불의 빛이 칼날 끝에 희미하고 둔하게 반사되고 있었다.

저 너머에 또 한 마리 고블린이 이쪽을 가리키며 능글능글 풀어진 표정을 짓고 있었다.

—죽는다.

"으, 압!!"

그는 왼손을 억지로 비틀어 안면 앞에 방패를 들었다. 칼날이 박힌다. 그대로 바깥으로 휘둘러 버렸다.

"GBBROB?!"

고블린의 힘 따위 대단치도 않다. 단검이 튕겨나가며 고블린의 자세가 무너졌다.

그는 즉시 등 근육을 이용해 몸통을 튕겨 올려 고블린을 밀어냈다.

시간을 들일 틈이 없었다. 이 상태에서 더욱 많은 무리가 온다면 갈기갈기 찢길 것이다.

땅에 넘어진 고블린이 발버둥 치며 일어서려는 것을 놓쳐선 안 된다.

"?!"

보강한 장화의 끝으로 고블린의 명치를 파헤치자 토사물을 뿜었다.

그리고 그는 오물을 비벼 닦아내는 동작으로 사타구니를 짓밟아 뭉갰다.

"GBORROGBGOR?!"

"GROB! GROORBG!!"

들어주기 어려운 탁한 비명이 울리고, 또 한 마리 고블린이 깔깔 저열한 웃음소리를 냈다.

그러나 그것도 한순간이었다.

그는 이미 손에서 빠져나간 검을 집어 들었고, 그것으로 가차 없이 고블린의 목을 찔렀다.

꿀럭꿀럭 피거품에 숨이 막혀 칼날을 붙잡는 고블린을 차서 쓰러뜨리고, 그는 검을 뽑아냈다.

"……하."

피가 확 돌았다. 온몸이 뜨겁게 달아오르고, 숨이 차오르고, 머리가 둔하고 무겁다.

목이 따끔거려 물주머니에서 물을 마시고 싶어 견디기 어려울 정도였다. 그러나 시간이 없다.

웅성, 웅성, 기척이 느껴진다. 소리가 꿈틀거린다. 등 뒤에서. 어둠 속에서.

그는 낮은 목소리로 신음하고 이를 갈았다. 동시에 머리를 굴렸다. 생각하는 것을 멈춰선 안 된다.

등 뒤에서 기습해온 경로는 생각할 것도 없었다. 자신이 샛길을 놓쳤으리라.

그렇지만, 어째서 침입을 눈치 챘을까?

파수꾼이 없는 시간을 노렸다. 첫 고블린이 소란을 피우지도 않았을 것이다.

"……!"

그때 그는 하늘이 알려주기라도 한 것처럼 퍼뜩 생각이 미쳐, 자신의 장비를 내려다보았다.

새것의 광택이 도는, 상처 하나 없는 가죽과 철의 무기와 방어구.

—냄새!

깨달았어도 이미 늦었다. 고블린 놈들은 바로 근처까지 닥쳐오고 있었다.

검의 칼날을 확인했다. 피와 지방은 그리 문제없었다. 그러나 중간쯤에 커다랗게 칼날이 나가 있었다. 혀를 찼다.

그는 누더기 가방에 손을 집어넣고 묘한 감촉에 의문을 느끼면서도, 휘저어 꺼낸 횃불을 바닥에 던졌다.

꺼져가는 불에서 옮겨 붙어서 불꽃이 화르륵 타올랐다.

그 빛을 받아서 증오와 살의에 번득이는 누런 눈동자가 무수하게 빛났다.

"GOOROGB!"

"GROB! GOBORB!!"

"GOOROGBGROOB!!"

그렇게, 그는 난전에 휘말려 들었다.

암벽에 등을 딱 붙이고 몸을 숙인 채 방패를 들었다. 어차피 맞으니까 검을 마구 찔러댔다.

아까와 같은 실수를 반복하지 않는다. 그는 하염없이 고블린을 찔렀다. 이거라면.

목을, 눈을, 배를, 심장을. 일격에 죽일 셈으로 검을 내질러 찌르고 꿰뚫었다.

그러나 고블린 놈들도 이쪽을 죽일 셈이란 것에는 변함이 없었다.

갑옷에서 노출된 팔이나 다리를 녹슨 단검이나 창끝이 찌르고, 파헤치고, 피가 뿜어져 나온다.

그러나 고블린 놈들은 서로서로 발을 밟았다거나 팔꿈치로 찔렀다는 등, 추악한 내분을 일으키고 있었다.

일치단결이라는 단어 따위는 고블린과 가장 거리가 먼 말 중 하나였다.

그 점에서 그는 어쨌든 검을 계속 찔러대기만 하면 된다. 그 말고는 모두 적인 것이다. 싸우기 쉬웠다.

그래서 그는 이를 악물고 검을 계속 휘둘렀다. 팔에 힘이 빠지면 죽는 수밖에 없었다.

피와 지방, 살과 뼈, 공격할 때마다 무뎌지는 칼날을 역겹게 생각했다. 그가 달인이라면 달랐으리라.

사태에 변화가 찾아온 것은 쿠웅, 묵직한 발소리가 울렸을 때였다.

고블린의 무리 너머, 덩치가 큰— 거한의 고블린이 어슬렁거리며 다가왔다.

손에 든 곤봉을 어깨에 걸치고 마치 논밭에 일하러 나온 것처럼 어슬렁거리는 움직임.

"HUUUUB……."

—마치 시골뜨기(Hob) 같군.

그는 숨을 거칠게 쉬며 그렇게 생각했다. 홉(Hob). 홉 고블린. 승산은? 있다.

몸이 기계적으로 움직였다. 요컨대 개구리 입에 구슬을 던져 넣는

요령이다.

손에 든 장검을 빙글 돌려서 역수로 쥔다. 동시에 눈앞의 고블린을 방패로 때려죽였다.

구타하면 코뼈가 깨지고, 그대로 밀어붙이면 뇌에 박혀서 죽음에 이른다고 스승이 말했다.

역수로 쥔 검을 들면서, 처음으로 암벽에서 등을 떼고 한 걸음 앞으로.

던진다.

"GOROOGB?!"

치명적 일격(크리티컬 히트).

휭. 어둠을 가르고 날아간 검이 고블린의 머리를 가볍게 넘어서 홉 고블린의 목에 박혔다.

공중을 손으로 긁으며 터엉 소리와 함께 거체가 무너졌다. 꼴좋다.

그는 허리의 단검에 손을 대며 주위에 몰려든 고블린의 잔당을 살폈다.

"GROBG?!"

"GRG! GOOROGGB!!"

살아남은 몇 마리 고블린들의 시선이 흔들렸다.

멍하니 자신들의 호위꾼을 보더니, 눈앞의 투구와 갑옷 차림인 그를 보고는 비명을 지르며 도망쳤다.

손에 든 무구를 내던지고 동굴 안쪽으로 줄행랑치는 놈들. 그 녀석들을 뒤쫓을 여유가 지금 그에겐 없었다.

피가 떨어지는 온몸을 끌며 앞으로 기어 나가, 아직도 경련하는 홉 고블린을 짓눌렀다.

"……으, 아아!"

목에 박힌 검의 자루에 양손을 올려 혼신의 힘을 담아 으드득, 척수를 끊었다.

동시에 빠직, 소리가 나면서 날이 빠진 부분에서 장검이 둘로 부러졌다.

그는 균형이 무너져서 피 웅덩이 위를 굴렀다. 터무니없을 정도로 레모네이드가 마시고 싶었다.

움켜쥐고 있는 손에는 날 길이가 3분의 2 정도가 된 검의 자루가 있었다.

비틀거리며 일어서서 가볍게 휘둘러보자 생각 이상으로 딱 좋았다.

—이거면 된다.

그리고, 이제야 그는 숨을 내쉬고 주위를 둘러볼 수 있었다.

"……몇 마리지?"

시산혈해. 땅을 굴러간 횃불에 비친 것은 그렇게 말하는 수밖에 없는 풍경이었다.

구역질이 나오는 싸움을 마친 그는 숨통을 끊은 고블린 놈들의 시체를 유린했다.

몇 마리를 죽였고, 몇 마리를 놓쳤고, 몇 마리가 남았을까?

그는 짐작도 되지 않았다. —애당초, 이 동굴에는 고블린이 몇 마리나 있었지?

"……."

그것을 깨달은 그는 무거운 머리를 천천히 좌우로 흔들었다.

뭐가 어찌 됐든 할 일은 명백하다. 해야만 하는 일도.

"우선, 치료다."

그는 등에 진 누더기 가방에 손을 집어넣었다.

말할 것도 없이 그는 지쳐 있었다. 숨이 차오르고, 맥박은 격렬하고, 시야는 나빴다.

정신은 이완되어가고 있으며, 피가 흘러 사고가 지독히도 둔해졌다.

그래서 깨닫지 못했다.

"GOGGBR!!"

"……큭?!"

사타구니가 뭉개진 고블린이 손에 단검을 쥐고서 덤벼든 것을.

등 뒤에서 등에 묵직한 무게가 실렸을 때는 이미 늦었다.

돌아보려던 머리가 옆으로 뒤틀렸다. 뿔을 붙잡힌 것이다.

"……윽, 이놈……!"

"GBGGB!"

오른쪽 어깨가 폭발한 것이 아닌가 싶었다.

내리 찍은 단검이 박혔다는 것을 이해할 때까지 몇 초.

심장의 맥박에 맞추어 뿜어져 나온 피가 투구에 뿌려졌다.

"크, 그으으으으으으……!"

그는 낮은 목소리를 흘리며 쓰러지듯 암벽에 등을 밀어붙였다.

"GOOROG?!"

비명이 들렸다. 다시 한 번.

"GORO?!"

다시 한 번.

"GOROOBGBG?!"

빠직 소리가 나면서 문득 머리와 등의 무게가 사라졌다. 그러나, 머리가 심하게 기울어졌다. 뿔 하나가 부러진 것이다.

그는 돌아보면서 그나마 움직이는 왼손으로 땅에 떨어진 뿔을 붙잡았다.

방패가 고정된 상태라 손목이 심하게 아팠다. 그러나 상관없다. 할 일은 하나다.

그는 땅바닥에서 발버둥치는 고블린에게 올라타서 뿔로 목젖을 꿰뚫어 바닥에 고정시켰다.

"GOOBGGB……?!"

비명을 지르며 움직임을 멈춘 고블린 옆으로 그가 질질 끌리듯 무너지며 앉았다.

일단, 치료다. 치료를 해야 한다. 적은 아직 있다. 움직이지 못하게 되면 안 된다.

"……으."

그러나, 온몸이 부르르 떨렸다. 상처에는 열이 느껴지는데 지독하게 추웠다.

단검을 뽑으려는 왼손이 찌릿찌릿 경련하고 입가가 풀어졌다. 침이 흘렀다.

원인은 금세 알 수 있었다.

억지로 확 뽑아낸 칼날에, 정체 모를 점액이 끈적하게 묻어 있었다.

"……으, 크, 오."

—독이다.

단검을 내던지자 카랑, 어둠 속에 소리가 울렸다.

그는 누더기 가방 안에 손을 집어넣었다. 독을 없애는 포션을 샀다. 괜찮다. 괜찮아…….

"……으?"

그러나 손가락으로 찾아낸 것은 흠뻑 젖은 감촉과 자륵자륵 소리를 내는 무언가의 파편.

병이 아니었다.

—깨진 건가……!

독의 영향만이 아니라, 몸의 중심에서 핏기가 가셨다.

아까 그 기습으로 쓰러졌을 때이리라. 이제 와서 후회해 봤자 어떻게도 안 된다.

도시— 아니, 마을까지 돌아가면 치료를 받을 수 있을까? 무리다.

몸이 도무지 말을 안 듣는다. 열이 끓는 것처럼 힘이 안 들어간다.

이대로는 죽는다.

틀림없이.

"……."

그는 떨리는 손으로 누더기 가방을 끌어다가 끝부분을 투구 안쪽으로 밀어 넣었다.

치유의 물약과 해독의 물약, 뒤섞인 약액이 스며든 천을 씹었다.

그리고 스며 나오는 약액을 꼴사나운 자세로 하염없이 쪽쪽 빨았다.

죽을 생각 따위 터럭만큼도 없었다.

적어도, 지금은 아직.

§

침입자다. 침입자다. 혈색이 바뀐 부하가 거사를 방해하자 추장은 역겹단 기색으로 으르렁댔다.

울부짖는 부하를 지팡이로 때리고, 덤으로 아무 소리도 안 내게 된 임신 주머니를 한 번 걷어찬 다음 「뭐냐」라고 물었다.

지리멸렬한 부하의 말을 그는 어려움 없이 정리해서 이해했다. 그는 영리하니까.

아무래도 모험가가 들어온 모양이다. —그것도 혼자서.

바보 같은 놈이라며 추장은 웃었다. 얼추 얼마 안 가서 기습을 받아 죽을 게 틀림없다.

남자인 것은 유감이지만, 그건 그거대로 고기를 먹을 맛이 난다. 나쁜 일은 아니다.

그렇게 생각했다. 그러나 틀렸다.

모험가는 기습을 버텨냈을 뿐만 아니라 **뜨내기**까지 죽여버린 모양이다.

추장은 지저분한 말로 모험가를 매도하고, 땅을 발로 구르면서 분통을 터뜨리고, 덤으로 부하를 때렸다.

딱히 부하가 죽은 것이 분하지는 않았다.

자신의 완벽한(이라고 추장은 생각했다) 둥지가 흐트러진 것을 참을 수 없었던 것이다.

추장이 살아남은 동포를 모으라고 소리치자, 도망쳐온 고블린이 히익대며 울면서 달려갔다.

정말이지 모험가 놈들은 역겹기 짝이 없다. 또 임신 주머니를 잡으러 가야 하지 않는가?

고블린 놈들은 자신들이 약자이며 피해자라고 자기들 좋게만 생각한다.

그러면서 자신들이 세상에서 가장 잘났다고 생각하니 고약하다.

추장은 살아서 도망쳐온 네 마리를 다시 앞으로 몰아세우고 모험가를 추격하기 시작했다.

이 손으로 때려죽여야 기분이 풀릴 거고, 무엇보다 동포들이 납득하지 않으리라.

왜냐하면 고블린의 소굴은 우두머리의 불신과 부하들의 질투로 성립된다.

섣부른 짓을 했다간 주위의 바보 놈들이 그에게 훼방을 놓을 것이다. 추장은 그것을 참을 수 없었다.

다행히도 모험가는 싸움 속에서 상처를 입은 모양이다.

시체의 산이 된 멍청한 동포 놈들에게서 입구로 이어지는 핏자국이 점점이 있었다.

뿐만 아니라, 반쯤 몸을 끌고 간 발자국도 이어지고 있었다. 모험가는 상처를 입었다. 틀림없다.

추장은 얼굴을 징그럽게 일그러뜨리며 지팡이를 휘둘러 동포 놈들을 몰아세웠다.

키이이 캬아아 불평을 하면서도 앞으로 나아가자 머지않아 입구에 도착했다.

뻥 뚫린 그곳에는 녹색 달빛이 내리쬐어 **아침**답게 훤히 밝았다.

이거라면 도망친 모험가를 놓치는 일은 없으리라.

추장은 지팡이를 한 번 휘둘러 동포 놈들을 동굴 바깥으로 보냈다.

그러나 으직, 소리와 함께 두 마리 동포가 깔려 죽었다.

"GOROB?!"

무슨 일이 일어난 거지? 추장은 곧장 깨닫지 못했다. 위에서 거대한 것이 떨어진 모양이다.

그것은 홉 고블린의 시체였다. 추장이 보기에는 죽어서도 도움이 안 되는 빌어먹을 놈이었다.

모험가가 시체를 끌고 가서, 밀어 떨어뜨리다니.

추장은 생각지도 못했다.

"GOBBBR!"

"GBO! GROOBGR!!"

간신히 재난을 벗어난 나머지 두 마리가 겁 먹은 기색으로 추장 쪽을 돌아보았다.

정말이지 멍청한 놈들이다. 추장은 놈들의 머리를 때리고 동굴 밖으로 차서 넘어뜨렸다.

곧장, 위에서 떨어진 무언가가 한 마리에게 덤벼들었다.

그 무언가는 갑옷과 투구를 입은 모험가였고, 투구는 한쪽 뿔이 부러져 있었다.

"GORB?!"

모험가는 일단 방패로 가까운 고블린의 머리를 때리고 안면을 쳐부쉈다.

"GOROBRG?!"

등 뒤에서 덤벼들던 또 한 마리에게는 돌아보자마자 방패 테두리를 옆으로 쓸어서 쳐냈다.

고블린은 칼날이라고 부르지도 못할 둔한 금속으로 가슴팍이 찢어지자 갸악 비명을 질렀다.

모험가는 일격으로 죽이지 못한 것에 혀를 차더니, 달려들어서 목줄기를 방패로 짓눌렀다.

기도가 뭉개진 고블린이 질식하여 숨이 끊어지기까지 몇 초.

추장에겐 그걸로 충분했다.

어차피 저 빌어먹을 놈들은 주문을 욀 시간 벌이에나 도움이 된다.

추장은 이미 짐승의 두개골이 붙은 지팡이를 들어올려 새된 소리로 불명료한 주문을 외었다.

모험가가 깨닫고 돌아보았지만 이미 늦었다.

그 순간, 지팡이 끝에서 뇌전(雷電)이 치달렸다.

§

그 순간, 지팡이 끝에서 《썬더볼트(벼락화살)》가 치달렸다.

그는 그 존재를 몰랐다. 주문을 쓸 수 있는 고블린 따위 몰랐다.

반사적으로 오른팔을 써서 홉 고블린의 시체를 방패삼았다. 굳이 무사한 왼팔을 희생할 것 없었다.

창백한 번개는 홉 고블린의 시체에 맞아 터지고 파직파직, 소리를 내면서 그의 팔을 태웠다.

목소리도 안 나온다. —그렇다기보다, 고통과 같은 종류가 아닌 것 같았다.
그러나 감각을 잃고 강렬하게 튕겨 날아가는 감각이 오른팔을 덮쳤다.
"끄, 아……?!"
실제로 그의 몸은 홉 고블린의 시체로부터 몇 피트는 날아갔다.
입 안에는 기묘한 약 맛이 퍼지고, 온몸에서 땀이 확 뿜어져 나왔다.
그는 땅을 구르며 왼손을 짚어 자세를 바로잡았다.
—오른손은?
시선을 향하자 그곳에 분명히 팔이 있었다. 눈으로 볼 때까지 믿을 수 없었지만 이어져 있었다.
움직이고자 했으나 팔이 퉁퉁 부어올라서 제대로 반응하지 않았다.
그러나, 감각이 없는 건 아니었다.
오른팔 형태의 공백을 둘러싸고서 무수한 가시가 박힌 것 같은, 구워진 것 같은, 형용하기 어려운 고통.
이럴 때가 아니다. 그는 혀를 찼다. 눈앞의 고블린은 또 다시 지팡이를 들어올렸다.
상대의 정체를 알아보는 건 나중이다. 일단 이어져 있다면 오른팔을 신경 쓰는 것도 나중이다. 두 번째를 맞기 전에 죽일 필요가 있다.
홉 고블린의 시체가 뇌전의 영향으로 움찔움찔 경련하고, 불에 탄 살에서 연기가 피어올랐다.
이것을 차폐물로 삼아 봤자 완전히 막을 수는 없다. 그것은 지금 증명됐다.
그렇다면 뭘 할 수 있을까? 가진 장비는? 나는 뭘 할 수 있지? 어떻게 하면 되지?

—어떻게 하면 죽일 수 있을까?

그는 금방 생각을 정리하고 방패 뒤의 고정 끈을 억지로 풀어 손잡이를 쥐었다.

"GOOBOOGOROGOBOG!!"

추장— 고블린 샤먼이 주술의 말을 드높이 외치자 두 번째 《썬더볼트》가 공간을 꿰뚫었다.

창백한 빛의 화살이 기하학적으로 뒤틀리면서 일직선으로 날아왔다.

"——윽!"

그는 그것을 방패로 받아냈다. 홉 고블린의 시체 뒤에서 왼손으로 던진 방패로.

방패가 날카롭게 곡선을 그리며 날아가더니 공중에서 주문과 부딪쳐 번개를 튕겨냈다.

—축제에서 개구리 입에 구슬을 던져 넣는 것보다는 간단하다.

눈부신 섬광이 시야를 뒤덮고, 가죽이 타오르는 괴상한 냄새가 떠돌고, 검은 연기가 푸스스 피어 올랐다.

도저히 시선이 통과할 상황이 아니다. 눈꺼풀 뒤에 잔광이 남아 있었다. 상대도 그랬다.

—그거면 된다.

그는 어중간한 길이가 된 검을 왼손 역수로 뽑아 연기 속에서 샤먼에게 덤벼들었다.

"오, 오……!"

"GBBRGGGG!"

샤먼이 지팡이를 들어올렸다. 아직 주문은 쓸 수 있나? 알 수 없고, 상관도 없었다.

—할 일은 단순하다.

홉 고블린의 시체를 넘어, 뛰어들어, 깔아뭉개고, 검을 들어, 목을 노려 내리친다.

그것뿐이다.

"GOBORG?!"

쓰러지는 충격에 맞춰 손맛이 있고, 비명과 함께 피보라가 솟았다.

부러진 칼끝이라도 고블린의 목을 뭉개는 것 정도에는 쓸만한 모양이다.

—이걸로 이제 주문은 쓸 수 없을 거다.

그는 지저분한 고블린의 피를 맞으며 뼈를 부러뜨리고자 체중을 실었다. 한 팔밖에 쓸 수 없어서 불편했다.

그대로 다시 한 번 검을 찔렀다. 이번에는 움직이지 않는 오른팔을 칼자루 위에 얹어서, 있는 힘껏.

"GOROGOGOR?!?!"

만약을 위해서다. 주문을 쓸 수 있든 없든 상관없다. 쓰지 못하게 한다.

경련하는 샤먼의 몸에 더욱 체중을 실어 짓누르고, 다시 한 번, 또 목에.

"—?! ———?!"

움찔움찔 떨리는 몸이, 움직이지 않게 될 때까지. 다시 한 번. 반복했다. 또 한 번. 몇 번이든.

"……."

—그리고, 그는 숨을 내쉬었다.

기어이 움직임을 멈춘 샤먼의 목에는 검이 자루 부근까지 깊숙하게 박혀 있었다.

그의 손가락은 돌처럼 굳어 있는 것 같았고, 박혀 있는 검의 자루를 쥔 채 움직이지 않았다.

"……음."

그는 고생하며, 흘러넘친 피에 미끄러뜨리듯 자루에서 손가락을 떼어냈다.

둘러보니 어슴푸레한 가운데, 드문드문 고블린 놈들의 시체가 널브러져 있었다. 움직이는 것은 그밖에 없었다.

고블린 샤먼은 죽었다. 홉 고블린은 죽었다. 고블린은 죽었다.

—아니.

그가 죽인 것이다.

죽이면, 놈들에게 죽지 않는다.

"…………."

그는 시체의 목에서 돋아난 검의 자루에 다시 손을 올리고 시체를 밟아 뽑아내고자 했다.

그러나 피 때문에 미끄러워서 한 손으로는 제대로 뽑을 수 없었다.

그는 잠시 실랑이한 다음에 낮게 혀를 차고, 예비로 준비한 단검을 칼집에서 뽑았다.

드디어 남은 무기는 이것뿐이다.

뿔이 부러진 탓에 지독히 기울어지는 머리를 억지로 세우고, 그곳에 한 손으로 간신히 횃불을 묶었다.

그 불빛에 의지하며 그는 또 다시 동굴에 발을 들였다.

—그곳은 시체투성이였다.

내장에서 김을 피워 올리며, 지저분한 피에 젖어 공허한 눈동자로 그를 노려보는 고블린의 시체.

시체가 남아 있는 것만으로도 괜찮은 죽음이다. 그는 생각했다. 고블린에게는 아깝다.

"입구에서 넷, 추장……."

그는 판단했다.

"……이, 하나…… 다섯이군."

그가 한 마리 고블린을 차서 굴렸다. 뒤집어진 그것은 틀림없이 죽어 있었다.

죽어 있는 것처럼, 보인다.

그래서 그는 단검을 들어올렸다.

"여섯."

한 마리씩, 한 마리씩. 목에 단검을 찔러 넣어 파헤치고 숨통을 끊었다.

죽어 있다면 그거면 된다. 치명상이라면 마무리를 짓는다. 기습을 노린다면 죽인다.

왼팔 하나로 그것을 하자니 지독히도 지치는 작업이었다.

피로 미끄러지는 단검이 손에서 떨어질 것 같아서, 그는 칼을 거꾸로 쥔 손에 붕대를 감았다.

붕대를 물고 빙글빙글 감았다. 묶을 수는 없지만, 끄트머리를 쥐면 떨어뜨리진 않으리라.

중간에 속이 뒤집힐 것 같은 악취와 타버린 오른팔의 격통에 문득 의식이 끊어졌다.

몇 초인지, 몇 분인지. 어쩌면 몇 시간이나 며칠. 눈을 깜빡인 것처럼 의식이 돌아오자 그는 숨을 내쉬었다.

쓰러진 곳은 진흙 위인지, 피 웅덩이 위인지. 아마 둘 다일 것이다. 그는 천천히 몸을 일으켰다.

그는 한 팔로 짐을 뒤져 깨진 약액에 젖은 약초를 투구 안에서 입으로 집어넣었다.

지독하게 쓰다. 그러나 계속 씹다 보니 다소나마 의식이 확실해졌다.

약초를 먹어 치웠다고 해도 상처가 낫는 건 아니다. 치료가 필요했다.

오른팔이 지독히도 아프지만, 아프다는 것은 감각이 있다는 것. 나중에 생각해도 된다.

할 일을 모두 마친 다음이다.

"……열. 열하나── 열둘, 셋, 넷…… 열다섯. ……열여섯……."

그리고 길고 긴 시간을 들여 그는 고블린 놈들의 죽음을 확인했다.

한 마리씩 목을 찌르고, 휘젓고, 단검을 뽑아 다음으로. 그것을 반복했다.

간신히 동굴 가장 안쪽에 도착한 것은 과연 얼마나 시간이 지난 뒤일까?

처음에 그는 그곳이 뭔지 금방 이해하지 못했다. 천장은 높으며 바람이 불고 있었다.

천연인지 파내어 넓힌 것인지— 그는 커다란 공간의 유래를 판단할 수 없었다.

텅 빈 공간은 명백하게 상위자를 위한 공간이고, 그곳에는 여자가 사슬로 묶여 있었다.

오물투성이, 꼼짝도 안 한다.

그의 기억이 분명하다면 — 그리고 의식의 단절이 길지 않았다면 — 잡혀가서 고초를 겪은 지 일주일 정도.

"……살아 있나."

아주 약간, 횃불 빛이 흔들린 탓에 착각한 것이 아닌가 싶을 정도의 미약한 움직임.

그러나 안쓰럽게도 깨물린 자국투성이인 가슴이 위아래로 움직이는 것은 마을 아가씨의 목숨이 이어져 있다는 증거였다.

그러나 살아난다고 해도, 그녀의 인생은 이미 한 번 부서져 버렸다.

"……."

그는 아가씨 옆에 살짝 한쪽 무릎을 짚어서 어떤지 살핀 다음, 말없이 일어섰다.

그가 생각할 일이 아니었다. 그렇게 믿는 수밖에 없었다.

살아나는 것보다 고블린에게 죽는 편이 행복할 수도 있다? 그것이 행복이라고? 바보 같은 말이다.

공간을 둘러보니 아직 고블린 놈들이 숨어 있을 법한 장소가 얼마든지 있었다.

예를 들어— 한쪽 구석에 대강 흉내 내서 여보란 듯 만들어진 제단.

인골로 조립된 제단을 차서 넘어뜨린다. 와르르 무너진 뼈 뒤쪽을, 그가 들여다보았다.

"……."

그곳에 고블린이 있었다.

목숨을 구걸하는 것일까? 몇 마리가 얼싸안고, 떨면서 가는 소리로 기이이 울고 있었다.

그는 구석에 웅크려서 가만히 이쪽을 바라보는 고블린 놈들을 보았다.

작은 고블린이다. 고블린의 어린아이다. 소귀의 작은 아이.

분명히 어른들이 숨어 있으라고 말을 했을 것이다. 쉽사리 상상할 수 있었다.

그 모습을 본 기억이 있었다.

자신들의 거처에 쳐들어온 자들에 대한 시선이었다.

그는 무언가 생각하듯 고개를 갸웃거리고, 잠시 서 있었다.

고블린 아이는 숨기고 있으려는 건지 손에 돌을 쥐고 있었다.

그는 숨을 들이쉬고, 내쉬었다.

썩어 버린 고기와 오물, 진흙이 뒤섞인 그리운 맛이 났다.

그는 주위를 둘러보았다.

존엄이 완전히 더럽혀진 마을 아가씨가 갈라진 숨소리를 흘렸다.

그는 천천히 고개를 끄덕였다.

수를 센다.

"스물하나."

그리고, 단검을 내리쳤다.

§

핏빛 같다고, 그녀는 저녁 해를 보며 생각했다.

하늘을 새빨갛게 물들이며 서쪽 너머로 저무는 태양.

목장에서 소를 몰면서 그것을 볼 때마다 그녀는 눈길을 돌리고 있었다.

—어렸을 때부터, 그랬었나?

아마도, 그랬다.

저녁 해는 싫었다. 밤하늘은 좋아하지만. 저물어가는 해님은 싫었다.

—어째서일까?

지금과 옛날은 이유가 다르다. 그 정도는, 스스로도 깨닫고 있었다.

어렸을 때는 돌아가기 싫었다.

저녁이 되면 놀이는 끝. 그와 헤어져서 집으로 돌아가야 한다.

그것이 어째서인지, 언제나 언제나 견딜 수 없이 싫었다.

지금은—.

"……아니, 생각할 때가 아니야."

얼른 소들을 외양간으로 돌려보내야 한다. 소치기 소녀는 절레절레 고개를 흔들었다.

긴 머리칼이 흔들린다. 스스로 기르겠다고 한 건데, 너무나도 성가셔질 때가 있었다.

"아아 정말……."

그녀는 머리칼을 떨쳐내고 「훠이훠이」 소몰이를 하며 터벅터벅 걷기 시작했다.

문득 돌아보니 가도를 오고 가는 사람들의 그림자가 길게 뻗어 목장에 드리웠다.

기분 나쁠 정도로 길게 뻗어서 삐걱삐걱 팔을 움직이고 다리를 움직이는 그림자들.

상인, 여행자, 모험가— 그렇지, 모험가. 그 가운데 기이한 모습의 모험가가 있었다.

갑옷과 투구를 입고, 방패를 들고, 검을 허리에 찬 모습은 틀림없는 모험가다. 그것은 괜찮다.

그러나 온몸이 오물투성이, 투구의 뿔은 한쪽이 부러지고 방패는 너덜너덜했다. 검도 묘하게 볼품없었다.

이상한 냄새도 풍기는 모습. 어떤 자는 눈썹을 찌푸리고, 어떤 자는 소리 죽여 웃었다.

딱히 악의적인 것은 아니다.

새내기 모험가가 지독한 꼴을 당하고 간신히 후퇴하는 것은 흔히 있는 일이니까.

고생 없이 성장하는 자는 없다. 넘어지지 않고 일어서는 아이가 없는 것과 마찬가지다.

그러나 남이 고생하는 모습을 보면 누구나 그렇게 된다. 가엾어하거나, 비웃거나.

소치기 소녀는 그 모험가에 대해서 전자였지만— 눈썹을 찌푸렸다.

—다치기라도 한 걸까?

한쪽 팔을 늘어뜨리고 한쪽 다리를 끌면서, 묵묵히 걷는 모습이 참으로 안타깝게 보였다.

그저 그것뿐. 그 이상으로 무언가 딱히 느낀 것이 있었던 건 아니다.

하긴, 그렇다. 다친 모험가가 길을 걷고 있었다. 그것이 특별한 일일까?

그렇게 가도와 목장, 거리를 두고서 지나친 그의 뒷모습을 문득 멈춰 서서 보았을 때.

"……어."

소치기 소녀의 손에서 소몰이용 막대가 툭 떨어졌다.

어디가 어떻게, 라고 설명할 수는 없었다. 직감이다. 바보 같은 직감.

그렇지만 생각해 보면 그 이상 무슨 이유가 필요하다는 생각도 안 들었다.

만약. 만약에.

만약에 그가 살아 있었다면, 그는, 분명히—.

—모험가가……!

생각한 순간, 소치기 소녀는 달리기 시작했다. 울타리를 넘었다. 소에 대한 생각도 머리에서 빠져나갔다.

가도까지 약간의 거리. 하지만 눈을 떼어 버리면 놓칠 것 같아서 눈도 깜빡이지 못한다.

"저, 저기. 잠깐만……! 기다려— 기다려봐!!"

그는 멈추지 않았다. 돌아보지 않았다. 자기를 부르는 거라고 생각지 못하는 걸까?

소치기 소녀는 꾹 입술을 악물었다.

이렇게 필사적으로 달린 것은 분명히 어렸을 때 이후 처음이다.

아무리 숨이 차도록 달려도 마을에서 이렇게 멀리까지 오지 못했었는데.

"기다리, 라니까……!"

깨달은 순간에는 손을 뻗어 그의 팔을 붙잡고 있었다. 붙잡을 수가, 있었다.

꾹 당기자 그제야 그가 발길을 멈췄다. 반대쪽 손으로 가슴을 누르고, 한숨.

주위의 통행인이 힐끔거리며 시선을 보내는 것이 불편했다. —아니.

빙글 돌아 움직인 철 투구. 그 면갑 안쪽에서 가만히 바라보는 붉은 눈동자.

"저, 저기……."

표정은 전혀 알 수 없는데, 그 시선이 찌르는 것 같아서 그녀는 침을 삼켰다.

"……있지, 기억……하지?"

목소리가 떨린다. 알아 볼까? 아니면 다른 사람? 그의 팔을 쥔 손이 떨렸다.

착각이라면 어떡하지? 이제 와서 그런 의문이 떠올랐다.

그렇다면 그녀는 참 멍청하다. 바보 같았다. 그녀는 입술을 꾹 깨물었다.

그는 철 투구를 약간 기울이더니, 잠시 지나서 지독하게 낮고 차가운 목소리로 조용히 말했다.

"……그래."

—역시!

가슴 속에 일어난 그것이 대체 어떤 감정인지, 그녀는 알 수 없었다.

소치기 소녀는 기뻐해야 할지 울어야 할지도 모른 채 얼굴을 엉망으로 만들었다.

"집은? 묵을 곳은? 지금까지 뭐 하고…… 괜찮았어? 누나는?!"

그렇게 되자 이제, 멈출 수가 없었다.

말이 가슴 속에서 펑펑 솟아올라 스스로도 놀랄 만큼 입술에서 쏟아져 나왔다.

5년— 5년이다. 뭘 얘기하지? 뭐부터 물어보지? 뭘 말하고, 뭘 전해야 하지?

그렇지만 두서없는 말은 이윽고 멈추고 말았다.

그가 아무것도. 미약한 신음 소리마저 내지 않고 입을 다물고 있었으니까.

"어, 아……."

당황하는 그녀를, 그는 철 투구 너머에서 가만히 보고 있었다.

그리고 그는 말했다.

담담하게, 아무것도 아닌 것처럼.

"……고블린 퇴치를 하고 왔다."

"아……."

숨이, 막혔다.

텅 빈 관이 뇌리를 스쳤다.

아무것도 없이 매장된 아버지를, 어머니를.
삼촌이 무언가 물어봤다. 아무것도 가르쳐주지 않았다.
바람이 불며 술렁술렁 목초를 흔들고 지나갔다.
괜히 차갑고 쌀쌀맞은 바람이었다.
“저기, 그게…….”
그의 팔에서 떨리는 손을 떼었다. 조심조심 손을 당기고, 그가 움직이지 않는 것을 확인했다.
소치기 소녀는 커다랗게 가슴에 한껏 숨을 들이쉬고, 내쉬었다.
어떡하면 좋을지는 알 수 없지만, 뭘 할 수 있는지는 알았다. 아는 것 같았다.
“자, 잠깐 기다려!”
“…….”
한 마디 말을 걸어도 그는 대답해주지 않았다.
그러나 그것은 아마도 「알았다」는 뜻이다.
멋대로 그렇게 생각하고서 소치기 소녀는 달렸다. 몇 걸음을 달리고 빙글 돌아보았다.
“가버리면, 싫어!”
돌아보고 그가 아직 있는 것을 확인한 그녀는 눈을 쓱쓱 문지르고 다시 달렸다.
우두커니 서 있는 그의 모습은, 누나가 마중 나오기를 기다리는 것 같았다.

§

“삼촌!!”

쿠당, 문이 열리며 집으로 뛰어 들어온 조카에게 목장 주인은 천천히 눈길을 주었다.

마침 하루 일을 마치고 한 모금 빨고자 파이프에 담뱃잎을 채우는 참이었다.

그녀가 이렇게 황급히 달려오는 것은 드문 일이다. 정말로— 지금까지 본 적이 없었다.

“그 애…… 그 애가!!”

“어허, 진정해라. 괜찮냐? 무슨 일 당했어……?”

흐트러진 모습에 삼촌은 무심코 자리에서 들썩였다.

여동생의 딸이다. 불행한 일을 당한 아이다. 부모 대신이라고는 못 하더라도, 소중하게 키웠다고 생각했다.

도시에는 무뢰배도 많다. 모험가라고 해도, 하급인 자들은 무뢰한과 다를 바가 없었다.

놈들이 조카에게 무슨 짓을 하지 않았나 하는 생각이 뇌리에 스쳤다.

“아니…… 아니, 고……!”

그러나 조카는 고개를 흔들흔들 옆으로 젓고, 머리칼을 흐트러뜨리며 부정했다.

떨리는 목에서 나온 말은 마치 울음소리 같았다.

“그 애…… 옆집 애, 살아, 살아 있었어……! 살아 있었어—!!”

"……뭐야?!"

이번에야말로 목장 주인은 자리를 박차고 일어섰다.

"옆집…… 그 마을 말이냐?!"

"응……!"

그녀는 얼굴이 엉망이 되어서, 눈가에서 눈물을 뚝뚝 흘리며 몇 번씩 고개를 끄덕였다.

그리고 끊임없이 딸꾹질을 하면서 열심히 말을 이었다.

"모, 험가, 하는, 모양이라……. 지금, 저기, 에……!"

"모험가……."

목장 주인은 떫은 표정을 지었다가 고개를 옆으로 저었다.

"일하고 돌아오는 길이냐?"

"아마…… 아마, 맞아."

모험가에 연관된 소문은 대부분 신용할 것이 못 되지만, 그렇기에 알 수 있다.

새내기 모험가가 받는 일이라면 하수도 청소를 하거나, 혹은―.

"고블린, 퇴치로군."

"……응."

힘없이 고개를 끄덕이는 조카 앞에서, 목장 주인은「역시 그런가」하고 깊은 소리로 신음했다.

모험가. 달리 길이 없었던 것일까? 고아가 홀로 살아가기엔 세상은 혹독하다.

그러나, 하지만, 모험가…… 그것도, 고블린이라.

"묵게, 해주고…… 싶은, 데……."

안 될까? 그렇게 묻자 목장 주인은 찌푸린 표정으로 한숨을 쉬었다.

—어린애가 체험한 것을 생각하면, 복수를 하고 싶어지는 것도 당연하지.

그 자신도 가족을 잃었다. 그 마음은 이해 못할 것도 없었다.

그 소녀은 조카와 그다지 나이 차이도 없었을 것이다. 열셋, 넷, 다섯…….

고양된 감정을 받아내고 정리를 하기에는 너무나 젊은 나이였다.

지나가는 자신을 한 방 때린 녀석이 그것을 잊고 어딘가에서 싱글싱글 태평하게 웃고 있다면.

용서할 수 있는 자는 적다. 누구나 그렇다.

그러나 그 「누군가」를 찾아내서 다시 한 방 때릴 때까지, 어느 정도 노력이 필요한 것일까?

하물며— 그 「누군가」는 십중팔구 처리되었을 것이다.

—……고블린 소굴을 두셋 정도 없애면 진정이 되겠지…….

목장 주인은 그렇게 판단했다. 그것이 한계이며, 그것이 끝이다. 끝이 없으니까.

—만약 모험가를 관두고 다른 일을 찾는다면 도와줄 수도 있어.

누가 뭐래도 조카의 부탁이니까.

그가 거둔 뒤로 계속, 고개를 숙이고 마음을 드러내지 않던 아이다.

그런 그녀가 지금, 필사적으로 자신에게 부탁하고 있었다.

어찌 그 마음을 함부로 짓밟을 수 있을까?

"……알았다."

목장 주인은 깊숙하게 숨을 내쉬고, 햇살에 그을린 바위 같은 얼굴에 웃음을 지었다.

"하룻밤이 아니라, 하숙을 시켜주려무나."

"괜찮아?!"

울다가 웃으면 뭐라고 했던가.

아직 눈동자는 눈물로 젖어 있지만 그녀의 표정이 확 밝아졌다.

물론 목장 주인은 못을 박는 것도 잊지 않았다.

"다만, 하숙비는 받을 거다. 가릴 건 가려야 하니까."

조카는 그 소녀를 어지간히 신뢰하는 모양이지만, 보호자로서는 그럴 수도 없었다.

5년— 고향이 멸망하고서 5년.

소녀이 모험가가 되기에도, 무뢰배가 되기에도, 건달이 되기에도 충분한 시간이었다.

헛간이나 어딘가, 어쨌든지 그 소녀이 어떤 상태인지 알 때까지는 그런 곳에 재우면 될 것이다.

"그래도 괜찮다면, 데리고 와라."

"으, 응, 알았어……!"

조카는 소매로 몇 번이고 얼굴을 닦았다.

붉게 부어 오른 눈을 몇 번이고 깜박이며 고개를 끄덕였다.

"금방, 데리고 올게! 고마워, 삼촌!"

빙글 등을 돌리고, 뛰어 들어올 때보다도 빠르게 달려가는 소치기 소녀.

목장 주인은 그녀가 덜컹 닫은 문을 보고 몇 번째인지 모를 한숨을 깊이 내쉬었다.

"어디……."

저래서는 소몰이도 내팽개치고 달려왔을 것이다.

대신 해줘야겠지. 그렇게 생각하며 목장 주인은 크게 기지개를 켜고 일을 하러 갔다.

모르는 사이가 아니다. 조카의 친구라는 것뿐이지만 인연이라면 인연이다. 그 마을 사람이다.

—뭐, 차분한 생활을 하게 되면 기분도 풀리겠지.

자신의 생각이 틀렸다는 것은 전혀 생각지도 못한 채.

§

밤하늘에 별이 반짝이고 쌍둥이 달이 훤히 빛났다.

그는 적색과 녹색의 달들을 노려보듯 가만히 올려다보았다.

멀리 도시에서 하루의 마지막이라고 떠드는 사람들의 소란.

어두운 숲 속이나 목장의 초목이 흔들리는 소리.

귀를 더욱 기울이면 그런 자연의 그림자에 숨어 있는 짐승의 소리도 들릴지 모른다.

그러나 그는 그러지 않았다.

그저 우두커니 선 채, 이번 싸움에 대해서 생각했다.

장비를 갖추고, 동굴에 들어가서, 고블린과 싸우고, 고블린을 죽였다.

스물한 마리의 목숨을 이 손으로 끊어버린 감촉은 아직도 익숙하지 못한 손에 남아 있었다.

마을 아가씨를 짊어지고 돌아가서, 촌장에게 맡겼다. 그 다음 일은 모른다. 들을 생각도 없었다.

이겼다고도, 졌다고도 생각지 않았다. 사람을 구했다고도 생각지 않았다.

그저 소굴 하나를 없앴다고, 그렇게만 생각했다.

고블린의 소굴을 하나라도 없애면 뭔가 있을 줄 알았는데.

—아무것도 없었다.

그저, 고블린의 소굴을 하나 없앴을 뿐이다.

그 이상은 아무 일도 없었다.

아무것도 변하지 않았다.

분명히 무엇 하나 변하지 않는다. 미약하게라도 뭔가를 기대했던가? 설마.

그의 마음속은 차갑게 식었고, 파도조차 치지 않는다.

—생각할 것은, 많았다.

검이 부러졌지만, 부러진 다음이 더 편했다. 짧은 검을 조달해야 한다.

갑옷 상태는 좋다. 그러나 찌르기에 약한 것이 난점이다. 촘촘한 사슬 갑옷 같은 것이 필요하다.

방패는 정답이었다. 조금 더 작고 다루기 편하며…… 손잡이가 없는, 고정끈만 있는 것으로.

투구는 중요하다. 이것 덕분에 목숨을 건진 거나 마찬가지다. 그러나 이 뿔은 어찌 해야 할까?

해독제, 포션. 치유의 도구. 그 밖에도 자잘한 것이 필요하다. 일대 다수. 여러 수법이 필요하다.

전술을 생각해야 한다. 이래서는 죽는다. 죽는 것 자체는 상관없지만, 한두 마리 길동무 삼는 정도로는 수지가 안 맞는다.

전략도 중요하다. 보다 많은 고블린을, 더욱 확실하게, 완전하게 죽이고 다녀야 한다.

죽이면, 놈들에게 죽지 않는다. 그것이 진리다.

생각하고, 대책을 짜고, 공격한다. 아직 훈련을 게을리 할 수는 없었다.

처음부터 모든 것이 잘 풀릴 리 없었다. 그러나, 다음은 더 잘한다. 그 다음은 더욱 잘한다.

소굴 한두 개로 끝낼 생각은 없었다. 끝날 리 없었다.

이것은 시작이다. 그는 그저 첫걸음을 내디딘 것뿐이다.

—고블린 놈들은 몰살시킨다.

"기다렸지—!!"

그때였다.

어두운 밤길을 등불도 없이, 헉헉 숨을 몰아쉬면서, 가슴이 벅차 달려오는 소녀가 있었다.

그를 불러 세운 그녀. 기억하고 있었다. 「기다려」라고 해서 기다리고 있었다.

"사, 삼, 삼촌이, 삼촌이 말야……!"

그녀가 그를 발견하고 「다행이다」라며 표정이 풀어진 것은 분명 기분 탓이리라.

"묵어 가도, 괜찮, 대……! 그, 그러니까, 같이—."

가자. 그녀는 당장이라도 울 것처럼 쉰 목소리로 중얼거렸다.

"……."

그는 조금 생각한 다음, 천천히 고개를 끄덕였다.

막간 「그 다음 두 사람의 이야기」

“에엑?! 그래서 혼자 보낸 거야?!”

“역시 잘못한 걸까요…….”

“잘못이야 아니지만……. 괜찮을지는 알 수가 없어.”

“그치만, 설마 솔로(단독)라고 생각을 못했어요.”

“뭐, 다음부터 조심하는 수밖에 없어. 다음부터.”

“다음…….”

“그거야 다음이라고 말할 수밖에 없잖아. 풀이 죽기 전에 확인을 게을리하지 말 것!”

“네…….”

“자, 새로운 모험가가 왔어. ……좀 묘하달까. 뭔가 이상한 사람.”

“네…… 네엣?!”

“…….”

“저, 저기. 그게. ……무슨 용건, 이신가요?”

“고블린.”

“네?”

“고블린이 있었다.”

제4장 『중간 기간(미들 페이즈)』

Goblin Slayer YEAR ONE The Dice is Cast.

소치기 소녀는 방 문 앞에서 스읍, 하아. 커다랗게 심호흡을 반복하며 가슴을 위아래로 움직였다.

솟아오른 아침 해가 창문에서 빛을 내리쬐고, 닭이 커다랗게 우는 소리도 들렸다.

오늘은 평소보다 일찍 일어났고 몸단장도 했다. 준비는 됐다. 이제 각오만 있으면 된다.

"조, 좋아……."

결심하고서 주먹을 꾹 쥐고는 살며시 손잡이를 돌려 문을 열었다.

"아, 안녕! 아침이야! ……으."

한껏 활기를 쥐어짜서 들어왔는데 텅 빈 침실이었다.

정돈돼 있다고 하면 듣기는 좋지만, 지푸라기로 만든 침대 말고는 의자밖에 없었다.

그 침대 위에 정성스레 개어진 모포가 놓여 있다. 도저히 쓴 것 같지 않았다.

소치기 소녀는 어색하게 볼을 긁적였다. 완전히 늦어버렸다.

"……벌써 나가버렸구나."

아니면, 아직 돌아오지 않은 걸까?

그녀는 살며시 침대 위에 살집이 좋은 엉덩이를 올리고 앉더니 깊숙하게 한숨을 내쉬었다.

그는 어느 틈엔가 집을 나서고, 어느 틈엔가 돌아온다. 얼굴을 마주칠 기회가 거의 없었다.

"……얘기하고 싶은 거, 잔뜩 있는데—."

이래서는 정말로 그냥 방을 빌려주기만 하는 게 아닌가?

"모험가가, 그렇게 바쁜가?"

알 수 없다.

모험가 길드의 지부가 있는 도시에 살고 있는데도, 그녀는 아무것도 모른다.

모르는 것이 너무 많다. 어째서일까? 이 도시에 5년이나 살았는데.

—바깥에 나가질 않았으니까.

소치기 소녀는 입술을 꾹 깨물고 일어섰다.

그 바람에 흐트러진 시트를 황급히 사사삭 다시 정돈했다.

그리고 문을 쾅 열고 빠른 걸음으로 식당을 향해 성큼성큼 걸었다. 결심이 발치에서부터 느껴진다.

"오오, 일찍 일어났구나."

아침 식사를 하고서 한 모금 빨고자 파이프에 담배를 채우고 있던 삼촌이 그녀를 보았다.

"삼촌, 오늘 도시에 배달 있어?"

조금이라도 다른 말을 했다간 결심이 무뎌질 것 같기에 단숨에 토해냈다.

"이, 있기는 있다만."

목장 주인은 조카의 기세에 주춤했다. 의자가 덜커덕 소리를 냈지만 고개를 끄덕였다.

"……왜 그러니?"

"나도 갈래!"

우선은 한 걸음씩. 소치기 소녀는 눈을 동그랗게 뜬 삼촌 앞에서 주먹을 꾹 쥐고 외쳤다.

§

"하우아아아……."

신입 직원 접수원 아가씨는 지독하게 힘 빠지는 숨을 내쉬며 카운터에 이마를 착, 붙였다.

주위에는 서류의 산더미. 모두 오늘 들어온 모험가에게 부탁하는 의뢰였다.

접수원 자신이 대응한 것도 있고, 다른 직원에게서 흘러온 안건도 있었다.

데굴 머리를 옆으로 굴려서 한 장 넘겨보니 역시나「고블린 퇴치」란 문자가 보였다.

한숨 한두 번이야 나오는 법이다.

그러고 있는데, 동료가 찰싹 머리를 두드렸다.

"에이. 칠칠치 못해."

"그치만……."

신관직이기도 한 그녀는 언제나 빠릿빠릿하다. 접수원은 그것이 부러웠다.

언젠가는 정식으로 감독관 직위도 받지 않을까?

그녀는 도저히 신이 기적을 일으켜줄 정도의 기도는 바칠 수 있단 생각이 안 들었다.

"이렇게 고블린 관련 의뢰가 와 있으면, 처리가 안 된단 말이에요."

"이렇게…… 라고 말을 하지만, 평소랑 비슷한 양이잖아."

"그거야 뭐, 그렇지만요."

접수원은 입술을 삐죽이며 쌓인 서류 다발을 손으로 정돈했다.

신입 모험가 파티가 하나 생기면, 고블린 소굴이 하나 생긴다.

그런 식으로 야유를 할 정도로 고블린 퇴치 의뢰는 끊이질 않는다.

물론 그 밖에도 도적이니, 트롤이니, 라미아니 하피니 하는 의뢰도 많았다.

다만 접수원이 생각하기에, 종류에 따라 분류하면 고블린 퇴치 의뢰가 가장 많았다.

"신입한테 맡기면 되잖아."

"그치만……."

접수원은 의미도 없이 펜을 손에 집었다.

"잘 될 거라고 장담할 수가 없잖아요."

"자기책임."

찰싹. 동료가 이번에는 이마를 두드렸다. 접수원은 「아욱」 소리를 냈다.

"—이라고 하지는 않겠지만, 잘 될지 안 될 지는 모험가의 영역이잖아?"

"……네."

"우리들은 의뢰를 중개하고, 모험가에게 알선하고, 성공하면 신용과 보수를 준다. 그렇지?"

"……그래요."

알았으면 됐어. 동료는 그렇게 말하고 얼른 자기가 담당하는 카운터에 앉았다.

이미 길드 안은 일을 구하러 온 모험가들로 혼잡했다. 한가하게 시간을 보낼 여유는 이제 없었다.

아직 게시판에 붙일 정도로 완성되지 않은 서류를 넘기며, 또 한 번 한숨.

—보수, 이거면 아슬아슬……. 역시 마을에서 온 의뢰니까 어쩔 수 없지만요.

가난한 외진 마을, 농촌, 개척촌에서 온 의뢰다. 마을로서는 힘을 다해 모은 거금. 숙련된 모험가에겐 푼돈.

필연적으로 의뢰는 최하위인 백자, 9위인 흑요 등 신입 모험가에게 배당된다.

신입 모험가 파티가 한 번에 고블린 퇴치를 성공시키면 좋다.

실패해도 고블린은 줄어든다. 제2, 제3의 파티를 보내면 소굴을 없앨 수 있다.

자신의 역량, 장비, 동료에 맞춘 의뢰를 선택하는 것 또한 모험가의 자질이다.

그것도 포함하여 모험을 성공시킬 수 있는지 없는지는 모두 모험가의 자기책임이다.

먹고 살려고 모험가가 된 자들 모두를 융숭하게 대접할 여유는 어디에도 없다.

—이건 입 줄이기가 아닌지…….

그런 생각이 들 때도 있지만, 그러면 무법자나 건달이 난리를 피워도 되겠는가? 하는 이야기가 나온다.

그러나, 그렇다고 다른 사람을 사지로 보낸다는 것은 변함이 없었다.

—일을, 잘못 선택한 걸까?

아직도 마음의 정리가 되지 못한 채, 접수원은 얼버무리듯 얼굴에 미소를 가져다 붙였다.

오늘 일을 찾아왔을 것이다. 바로 눈앞에, 거한의 모험가가 불쑥 얼굴을 내밀었다.

"여어. 트롤 퇴치 같은 의뢰는 없나? 그건 잘 하면 상당히 벌이가 된단 말이지."

"죄송합니다. 오늘은 트롤 의뢰는 없어요……."

접수원은 표정을 흐리며 서류를 파라락 넘겼다. 어쩌면, 하는 생각이 뇌리를 스쳤다.

"저기, 고블린이라면……!"

"고블린?"

그러나 거한 모험가의 반응은 떨떠름했다.

표정을 찌푸리고, 질색하는 태도로 고개를 옆으로 저었다.

"고블린 따위는 수입도 적고, 재미도 없단 말이지. 그런 건 백자가 할 일이야."

접수원은 한순간 입술을 깨물었다. 아아, 역시. 그렇게 생각했다.

강요할 수는 없고, 해서도 안 된다.

"죄송합니—."

그렇게 생각하며, 그녀가 고개를 숙이려는 때였다.

"고블린인가?"

언제부터 그곳에 있었는지 접수원은 전혀 알 수 없었다.

낮고 무기질적인 목소리와 함께, 거한 모험가 뒤에서 불쑥 모습을 드러낸 모험가.

지저분한 가죽 갑옷, 한쪽 뿔이 부러진 철 투구, 팔에는 자그마한 원형 방패를 고정시켰고, 허리에는 어중간한 길이의 검.

그럭저럭 사용한 느낌이 드는 그 장비는 그가 이미 몇 번의 모험을 거쳤다는 증거였다.

접수원도 몇 번인가 그의 대응을 했기 때문에 그 차림새는 이미 기억하고 있었다.

고블린의 소굴에서 단독으로 돌아왔을 때의 임팩트는, 그야말로—.

그렇지만 이렇게 불쑥 끼어드는 것은 처음이라 무심코 눈을 깜빡였다.

"고블린인가?"

반복되는 물음.

"아, 네."

접수원은 살짝 고개를 끄덕이는 게 고작이었다.

"그런가."

그는 담담한 태도로 중얼거렸다.

"고블린이라면 내가 가지."

"뭐야, 백자 아가구만."

거한 모험가는 흘끔 그를 곁눈질로 보더니 의문스레 표정을 일그러뜨렸다.

"너, 요전에도 고블린 퇴치 받지 않았었냐?"

"그래."

그가 고개를 끄덕였다.

"고블린 퇴치를 했다."

흐음. 흥미 없는 기색으로 고개를 끄덕인 거한 모험가는 싱긋 웃음을 지었다.

"그래도 마침 잘 됐어. 그러면 정해졌군. 나는 이쪽에 있는……."

거한의 모험가는 훌쩍 접수원의 카운터를 들여다보더니 서류 한 장을 집어 들었다.

"……화관산(파이어탑 마운틴)이란 곳의 마술사 퇴치를 하도록 하지."

"아, 네! 지하 미궁이라고 하니까 부디 조심하세요."

접수원은 허둥지둥 황급히 의뢰 수락 처리를 했다.

보수의 설명, 의뢰 내용 확인, 의사 확인, 수락한다면 승인 작업.

요즘에 들어서야 좀 익숙해져서, 간신히 막힘없이 서류를 기입할 수 있게 됐다. 한숨 돌린다.

"신입은 고블린 퇴치나 쥐 퇴치 힘내라."

거한 모험가가 말하고 물러갔다.

철 투구의 모험가— 그는 그것을 흥미 없는 태도로 본 다음, 철 투구를 빙글 돌렸다.

"그래서, 고블린인가?"

—우와.

한순간, 철렁했다. 무표정한 철 투구 안쪽에서 빨간 눈동자가 보였기 때문일까?

접수원은 고개를 옆으로 휙휙 흔들어 마음을 고쳐먹었다. 얼굴에 미소를 다시 붙였다.

"고블린이 아닌 건가."

"아, 아뇨……."

그의 반응에 무심코 웃음이 흘렀다. 흘러버리고 말았다. 어흠, 의도적으로 의식해서 헛기침.

"……고블린 퇴치입니다. 몇 가지 안건이 있는데요."

"그런가, 역시 고블린이었나."

—이 사람, 대체 뭘까요?

잘 모르겠다. 접수원은 고개를 갸웃거리면서도, 쌓여 있던 서류에서 의뢰서를 뽑아냈다.

대도시에서 연수를 받을 때도, 이 도시에 부임한 다음에도, 여러 모험가를 보았다.

별종도 있고, 괴팍한 사람도 있고, 우쭐거리는 사람도 있고, 이런 저런 사람이 있었지만…….

—아무래도 뭔가, 다른, 것 같은데……?

"저, 저기, 일단 한 건. 마을의 가축을 고블린이 잡아가고, 파수를 보던 젊은이가 다쳤다고……."

"받지."

즉답이다.

그는 보수도 안 듣고 고개를 끄덕이더니 빼앗듯이 접수원의 손에서 의뢰서를 받았다.

“두, 세 마리군.”

“……저기, 보수에 대한 설명을 해도 될까요?”

“그래.”

“으으음.”

흥미 없다는 기색으로 말하는 목소리에, 접수원은 약간 표정이 굳어졌다.

“제대로 이야기를 듣지 않으면, 이쪽이 난처하거든요…….”

“그런가.”

“그래요.”

접수원은 진지한 표정으로 고개를 끄덕였다. 누가 뭐래도 상대는 거친 일에 익숙한 사람이다.

보수 때문에 다퉜을 때, 먼저 상대하게 되는 것은 접수처 직원들이었다.

의연한 태도가 중요하다고, 대도시에서도 배우지 않았던가?

“신뢰와 신용이에요. 일이고, 돈을 지불하는 거니까 제대로 해주세요. ―라고 하는 거죠.”

검지를 척 세우면서 차근차근 설명할 정도로 그녀 자신이 이해하고 있는 것은 아니었다.

“그리고 보수가 없으면 숙박비라든가, 식비라든가, 장비 대금도 못 벌잖아요.”

그러니까 그녀는 자신이 아는 범위에서 보수에 대해 덧붙였다.

그것은 당연한 일이고, 딱히 누가 말하지 않아도 알고 있어야 할 법한 것이었다.

그러나 그는 무슨 생각에 잠긴 모양인지 투구 안쪽에서 낮은 목소리로 웅얼대는 소리가 들렸다.

"……그러면, 듣지."

고개를 끄덕이는 모습에 접수원은 모양 좋은 가슴을 살며시 쓸어내렸다.

—받아 주셔서 다행이네요.

그하고는 몇 번인가 이런 식으로 대화를 했다. 그 때마다 그는 고블린 퇴치를 골랐다.

초보자라서 그럴까? 파티를 짜지 않았다는 것에는 놀랐지만, 그래도 정말로 덕분에 마음의 짐을 덜고 있었다.

언젠가 분명히 그도 등급이 올라, 보다 강한 괴물에게 도전하게 되리라.

—……하지만, 다 그런 법, 이겠죠.

"언제나 정말 감사합니다!"

그는 이제부터 사지로 간다. 인사를 할 수 있는 건 지금뿐일지도 모른다.

접수원이 머리채를 흔들면서 꾸벅 고개를 숙이자 그는 철 투구를 천천히 기울였다.

어째서 인사를 하는 것인지 전혀 모르는 기색이었다.

—의외로, 나쁜 사람은 아니란 말이죠.

그런 실례되는 생각을 살짝 하며, 접수원은 낯이 익기 시작한 그에게 설명을 시작했다.

§

“어이, 그쪽으로 갔어!”

“우와, 와, 도망쳐 버린다?!”

“둘러싸면 그렇게 고생할 거 없군!”

“하지만 정신 차리세요. 고블린이라고 해도 괴물이니까요!”

저녁놀이 진 마을 변두리에서 4인조 모험가 파티가 무기를 휘두르고 있었다.

“나도 안다니까—!”

리더는 얼마 전에 등록을 마친 신입 모험가였다.

그는 양손 직검을 붕붕 휘두르며 단숨에 뛰어들었다.

“GROORB?! GOORBGBORG?!”

채소를 끌어안고 우왕좌왕하던 고블린이 그 검의 일격을 맞아 키악, 비명을 질렀다.

떨어뜨린 야채가 땅바닥에 떨어져 갈라지고 깨지는 가운데, 풀썩 쓰러져 숨이 끊어졌다.

배에서 흘러나온 내장과 피가 채소에 튀자 리더는 으엑, 표정을 찌푸렸다.

“이래선 못 먹겠네…….”

“앗, 저기, 저쪽!”

아직 있어! 그렇게 소리친 것은 탐색자 소녀였다. 약간 뾰족한

귀. 하프 엘프다.

그녀가 가리킨 곳에는 새끼 양을 끌어안은 고블린이 허둥지둥 숲으로 달려가고 있었다.

“《흙의 정령(노움), 물의 정령(운디네), 근사한 잠자리를 마련해주렴!》”

엘프 정도는 아니지만, 하프 엘프는 세상의 정령과 잘 통한다.

허리에 매단 물주머니를 뽑아서 물을 뿌리자 춤추듯 땅을 달렸다.

그것은 노래하는 말에 이끌려 흙의 정령과 뒤섞여 진흙이 되더니 고블린의 다리를 붙잡았다.

“GROORB?!”

《스네어(늪)》에 빠져 넘어지는 고블린. 그 팔에서 새끼 양이 버둥버둥 몸부림치며 도망쳤다.

“좋―아, 잡았다……!”

그때 또 한 명의 전사가 도끼를 휘둘러 공격했다. 바위 같은 작은 체구와 근육. 드워프.

한쪽 날의 도끼가 두개골을 쳐부수자 뇌수를 흩뿌린 고블린은 커다랗게 몸을 떨고 죽었다.

드워프는 피가 튀어 묻은 수염을 흔들며 껄껄 웃더니, 시체를 밟고서 도끼를 뽑았다.

“이걸로 격파 수는 호각이구나!”

“말은 잘 하셔. 다음엔 내가 이길 거야.”

리더인 전사가 대답하고는 검을 붕붕 휘둘러 피를 떨쳐내 칼집에 넣었다.

여차할 때 등에 진 검을 뽑지 못했던 적이 있어서 지금은 칼집을 허리에 차고 있었다.

그런 파티의 상태를 보고, 지식신을 섬기는 삭발 승려가 가슴을 쓸어 내렸다.

"아무래도 부상자는 없는 것 같군요. 안심했습니다."

몇 번의 모험을 거쳤지만 — 그래도 유적 탐색이었지만 — 야외에서 싸움은 처음이었다.

고작해야 고블린 몇 마리를 쫓아내는 정도는 별 일 아니지만, 다치지 않은 것은 다행이었다.

"그쪽은, 어떤가요?"

"문제없다."

그는 담담하게 대답했다.

참으로 볼품없는 장비를 입은 모험가였다.

한쪽 뿔이 부러진 철 투구, 지저분한 가죽 갑옷, 팔에 고정한 원형 방패는 손잡이도 떨어져 있었다.

손에 쥔 어중간한 길이의 장검은 넘어진 고블린의 연수를 찔러 꿰뚫고 있었다.

"하나."

그는 그 칼날을 무자비하게 비틀어 으직, 소리를 내며 등뼈를 끊었다.

"……그쪽은 둘. 합해서 셋이군."

"그래. 야채는 망쳤지만, 새끼양은 되찾았어. 참 다행이야."

그렇지? 리더가 웃으며 말했다.

"응."

하프 엘프 소녀가 새끼 양을 끌어안고서 웃었다.

새끼 양이 가녀린 가슴에서 빠져 나오려고 버둥거렸지만, 하프 엘프 소녀의 가는 팔에서 도망칠 수는 없었다.

“정말이지, 부러운 장소에 있으면서. 뭐가 불만인 건지…….”

“부러워?”

소녀가 고개를 갸웃거렸다. 하지만 이내 의미를 깨닫고 「정말!」 하고 볼을 부풀렸다.

“아하하, 미안.”

리더인 전사가 사과하자, 그녀는 금세 표정을 부드럽게 풀며 새끼 양의 머리를 쓰다듬어줬다.

그 흐뭇한 광경을 바라보던 드워프가 「이거야 원」이라며 고개를 옆으로 흔들었다.

“뭐, 고블린이라면 이 정도지.”

전투 도끼를 어깨에 짊어진 드워프가 재미없다는 기색으로 콧방귀를 뀌었다

“그런가.”

그는 고블린의 시체를 짓밟더니, 칼끝으로 시체를 굴렸다.

드러눕게 된 고블린은 대단히 말라서 갈비뼈가 드러나 있었다. 때가 탄 몸에서는 악취가 풍겼다.

“……소굴은 없는 모양이군.”

그 말을 듣고서, 삭발 승려가 자기 머리를 쓰다듬으며 시체를 들여다보았다.

승려는 익숙한 것인지 시체에 손가락을 뻗어 차근차근 검사했다.

"아아, 이 녀석은 못 먹어서 상태가 안 좋군요. 비쩍 말랐습니다. 유랑 중이거나, 뜨내기일까요?"

"**뜨내기**?"

그는 검을 휘둘러 피를 떨쳐내고 칼집에 넣으면서, 한쪽 뿔이 부러진 투구를 갸웃거렸다.

"굴 없는 떠돌이……. 곰이 그럴 때도 있는데. 소굴을 잃은 고블린이라고 합니다."

"그밖에는?"

"글쎄요……."

승려는 자신의 민머리를 쓱 쓰다듬고 고개를 옆으로 흔들었다. 얼굴에는 곤혹스런 미소를 짓고 있었다.

"고블린에 대한 것 따위 자세히는 모릅니다."

"그런가."

그는 짧게 대답하더니 또 다시 고블린의 시체로 철 투구를 돌렸다.

그의 등을 리더가 흥미롭게 바라보더니 친근한 태도로 어깨에 툭, 손을 올렸다.

"고블린 퇴치는 장비용 돈을 얻기 위해서였으니까."

다음 의뢰는 조금 어려울 거야. 그렇게 말하는 리더에게, 그가 「그런가」라고 중얼거렸다.

"고블린인가?"

"아니라니까."

리더가 뭔 소리냐는 표정을 지었다.

"광산의 탐색 의뢰야."

"금을 못 캐게 됐다고 했지."

"얼추, 광산 안쪽에 괴물 같은 녀석이 숨어 있는 걸 게다."

하프 엘프 소녀에게 드워프 전사가 다 안다는 표정으로 고개를 끄덕였다.

엘프와 드워프가 사이가 나쁜 것은 신화시대부터 이어지는 것이라고 하지만, 하프 엘프는 다른 것일까?

그 드워프가 수염 안쪽의 눈을 가늘게 뜨고 저 먼 곳에 시선을 던졌다.

"그러나 설마, 다른 모험가와 베팅될 줄은 몰랐다."

맞는 말이었다.

여기에 겹겹이 시체를 드러낸 고블린 놈들은 근처 마을을 생각 없이 공격하고 있었으리라.

한 마을이 토벌을 의뢰하여, 한 파티가 받았다. 한 마을이 방위를 의뢰하여, 한 모험가가 받았다.

"뭐, 이것도 무슨 인연이겠지. 이 녀석이랑 나는 같은 날에 등록을 했거든."

그렇지만 보수가 무사히 지불된다면 문제는 없다.

리더는 가벼운 태도로 그의 등을 탁탁 힘차게 두드렸다.

"이봐, 너 솔로지? 괜찮으면 다음에도 함께……."

"아니."

그의 대답은 단적이었다.

"고블린이다."

그렇게 말하고 그는 단검을 뽑았다.

그리고 거침없이 고블린의 배를 갈랐다. 사냥꾼이 사냥감을 해체하는 것과 비슷한 손놀림이었다.

"히엑."

하프 엘프 소녀가 비명을 흘리는 가운데, 삭발 승려가 굳어진 표정으로 물었다.

"……무얼 하는 겁니까?"

"조사한다."

그는 기계적으로 손을 움직이며 담담하게 대답하더니 내장 하나를 뽑아냈다.

"나도 고블린에 대해서 자세히 모른다."

파티는 미궁에서 불확정 명칭의 존재와 마주쳤을 때 같은 표정으로 서로 마주 보았다.

"가자."

자연스럽게 그 자리에서 물러난 것도 무리가 아니었다.

그는 하룻밤을 그곳에서 야영하며 보냈다. 고블린의 증원이 나타나지 않는 것을 확인한 다음 귀환했다.

§

"우, 와아……."

소치기 소녀는 너무나 성황인 모습을 보고 현기증이 날 것 같았다.

모험가 길드— 그리고, 그곳에 모인 모험가들.

벌써 점심이 지나 다소 뜸해졌지만 소치기 소녀의 눈에는 대혼잡

이었다.

제각각 무장을 갖춘 갖가지 종족, 직업, 연령의 사람들이 로비를 오고 갔다.

드워프나 레아가 가도를 왕래하는 모습을 본 적이 있지만, 엘프는 이야기로만 들었다.

지나치는 엘프 여성의 아름다움에 소치기 소녀는 무심코 눈을 깜빡였다.

실례라는 걸 알면서도 눈길을 빼앗기는 것은 분명 평생 가까워질 기회가 없을 것이라서 일까?

"그러면, 나는 납품하러 가마. 얌전히 있어야 된다."

"아, 으, 응, 알았어!"

삼촌의 말에 제정신을 차린 소치기 소녀는 황급히 머리를 꾸벅 움직였다.

접수처로 가는 삼촌을 배웅하고, 그 자리에 오도카니 서 있던 그녀는 문득 깨달았다.

—보고 있다.

희한하기 때문일까? 자리에 안 어울리기 때문일까? 오고 가는 모험가가 힐끔힐끔 그녀를 보고 있었다.

볼에 열이 확 올랐다. 소치기 소녀는 무심코 고개를 숙이고 눈을 깔았다.

—역시 안 오는 게 좋았을까?

불편해서 몸을 꾸물꾸물 꼬았다. 그게 또 견딜 수 없이 창피했다.

앞머리 틈으로 주위를 삭 살피자, 아마도 대기자용으로 보이는 긴 의자가 눈에 들어왔다.

저기라면 괜찮겠다. 삼촌이 돌아와도 금방 알 수 있고.

그렇게 생각한 소치기 소녀는 되도록 눈에 띄지 않도록 익숙함을 가장하며 걸어갔다.

긴장 탓에 손발이 삐걱거리는 모습을 보이면 더 이상 수치심에 어쩔 수가 없을 테니까.

간신히 의자까지 도착해서 자리에 앉아 한숨 돌렸다.

—아무도 말을 걸지 않아서 다행이야…….

풍만한 가슴을 쓸어내리고 나서야, 소치기 소녀는 길드 안을 둘러보았다.

문득 어쩐지 모르게 **그**의 모습을 눈으로 찾아 버렸다. 그 갑옷과 투구는 보이지 않았다.

그건 그렇고…….

—……다양한 사람들이, 있네…….

"정말이지, 지독한 꼴을 당했어……."

"네가 좁은 곳에서 그렇게 커다란 물건을 휘두르니 그렇지. 나를 본받아라, 나를."

"뭐 형이랑 누나는 내버려 두고……. 그래서, 다음은 무슨 의뢰죠?"

"너도 똑똑히 기억을 해둬. 그러니까. 광산 조사잖아요? 합동으로 하는 거."

"듣자니 안에서 슬라임(점균) 같은 게 솟았다고 해요."

그녀는 떠들썩하게 대화를 나누며 지나가는 파티를 멍하니 눈으로 좇았다.

커다란 검— **대검**을 등에 진 전사가 이끄는 사람들이었다.

그도 저런 식으로, 언젠가 동료를 모으거나 하는 걸까?

아니면, 이미 파티를 짜서 동료들과 모험을 하고 있을까?

—만약 그렇다면…….

아마, 분명히, 조금 쓸쓸할 것이다.

"무슨 일이시죠?"

"우햑?!"

문득 누가 말을 걸자, 소치기 소녀는 무심코 뛰어 오르며 놀랐다.

쿵쾅쿵쾅 뛰는 심장을 누르면서 돌아보자 걱정스런 표정을 지은 직원이 보였다.

나이는 소치기 소녀보다 조금 연상일까? 머리칼을 세 갈래로 엮어서 내린 모습이 어른스러워 보였다.

"미안해요. 놀라게 할 셈은 아니었는데요……."

"아, 아뇨, 이쪽이야말로. 제가 멋대로 놀라 버린 것뿐이에요!"

직원이 미안한 기색으로 모양 좋은 눈썹을 찌푸리기에, 소치기 소녀가 황급히 손을 흔들었다.

"저, 기, 아버지……."

—라고 하기에는 아직 조금 부끄러웠다.

"아, 그게…… 저기……."

소치기 소녀는 얼굴을 붉히고 고개를 숙여 버렸다.

혀가 잘 돌아가지 않는다. 긴장한 탓일까? 당황한 탓일까?

스읍 하아. 심호흡을 한 번. 그 동안에도 직원은 기다려주고 있어서, 소치기 소녀의 목소리가 더 작아졌다.

"목장의……."

"아아!"

놀랍게도 그 말만 듣고서 직원의 얼굴이 확 빛났다.

"언제나 식재료, 감사합니다."

"그, 그게, 저, 저기……."

—어째서 지금까지 좀 더 여러 사람들이랑 이야기를 안 했을까?

후회해도 어쩔 수 없지만, 어쨌든지 지금 이 순간에 집중하자.

만약 지금 말하지 못하면, 분명히 앞으로도 계속 말을 못한다. 아무것도 못한다.

—제대로 움직여줘, 내 혀야……!

"앞으로도, 저, 도우러 올 테니까요. 저기……!"

있는 힘껏 목소리를 냈다. 그러나 이번에는 할 말을 찾지 못했다.

하고 싶은 말은 알고 있는데, 뭘 말하면 좋을지 알 수 없었다.

그런 식으로 소치기 소녀가 필사적으로 말하려 하자, 그 직원은 생긋 미소를 지어 주었다.

"네, 잘 부탁드릴게요."

"부탁드립니다……!"

그녀가 보내준 도움의 말.

소치기 소녀가 간신히 대답하자 접수원은 미소를 지은 채 깔끔하게 인사를 했다.

부드러운 선을 그리는 허리와 엉덩이가 흔들리며 물러가는 뒷모습에, 소치기 소녀는「하아」한숨을 흘렸다.

—언니, 란 느낌이네…….

남자들은 저런 분위기를 좋아하는 걸까?

"…………힘내야지."

소치기 소녀가 중얼거리고, 살며시 손을 쥐었다.

§

그가 길드의 문을 통과하자 소란이 한순간에 잦아들었다.

성큼성큼 거침없는 발걸음으로 길드에 들어서는 장화에는 검붉은 얼룩이 들러붙어 있었다.

악취마저 풍기는 지저분한 모습의 그가 한 걸음 나아갈 때마다, 모험가들은 얼굴을 마주보며 수근 거렸다.

"우와, 저 녀석이 그 녀석이구나……."

"고블린을 해체했다며? 간이라도 어디 팔려는 건가?"

"혼자서 고블린 퇴치라. 용케도 하네."

"하지만, 분명히 두세 번째잖아. 이제 그만 고블린 퇴치는 졸업 아냐?"

먼저 귀환한 모험가들이 주점 같은 곳에서 불평을 흘렸으리라.

모험의 결과는 의외로 빨리 퍼지는 법이다.

아니, 그렇지 않아도 그의 차림새는 눈에 띈다. 겉모습을 꾸미는 것도 모험가의 일 중 하나다.

"척후나 탐색자에 전사의 기능이 있다면 같이 가자고 해도 좋겠는데."

"우에, 나는 패스. 눈앞에서 괴물 해체나 갈무리 같은 걸 해대는 건 싫어."

"그보다도 저 녀석, 흄인가? 레아는 아닌 것 같은데……."

"애당초 남자인지 여자인지부터 아냐?"

"아니, 아무리 그래도 남자겠지……. 내기할래?"

"하자."

호기심, 시기심, 흥미, 모험가들의 눈길이 흘끔흘끔 그를 살피고, 소근소근 속삭여댄다.

그러나 그는 그것을 전혀 신경 쓰지 않고 똑바로 접수처로 갔다.

"자, 접수원 양한테 보고를 해야지— 우엑?!"

신바람이 난 창잡이 모험가가 있는 힘껏 표정을 찡그리며 물러나더니 길을 열었다.

그는 창잡이를 돌아보지도 않고 슥, 앞으로 들어섰다. 새치기인가? 아니었다.

창잡이는 뭔가 말하고 싶은 기색으로 입을 뻐끔뻐끔 열었다 닫았다 했지만, 마녀가 살며시 소매를 끌어 입을 다물었다.

—뭐, 갑자기 보면 언데드(불사자) 같긴 해요.

접수원은 그것을 모두 보고 있었다.

심호흡을 한 번. 몰래 자랑거리인 가슴팍을 누르고, 다시 한 번. 얼굴에 미소를 붙였다.

"어서 오세요! 의뢰는 어떠셨나요?"

"고블린이 나왔다."

그는 그렇게 중얼거리며 말하더니 입을 다물어 버렸다.

접수원의 미소도 굳어 버렸다.

"그러니까……."

콩콩. 접수원은 잉크병에 적신 펜 끝으로 서류 위에 점을 찍었다.

—어, 어떡하면 좋을까요?

도움을 구하여 옆자리를 보았지만, 동료는 다른 모험가에게 대응하느라 바빠 보였다.

그보다도 그가 온 탓에 그녀가 맡은 줄의 모험가가 다른 쪽으로 흘러가 버렸다.

—어, 어쨌든지 서류 내용을 채우면 되는 거니까요…….

"수, 수는 몇 마리였나요?"

"세 마리다. 무기는 없었다."

"그러니까 세 마리고, 무장은 없었다."

의뢰 내용과 차이가 없다. 세 마리 정도의 고블린이 나온다고 했었다.

접수원은 되도록 정성스런 필치를 마음에 두고, 술술 보고서에 펜을 미끄러뜨렸다.

"……."

그 동안에도 철 투구의 시선은 가만히 접수원에게 고정된 채 움직일 기색이 없었다.

—이, 일하기 어려워……!

쑥스러움과 창피함이 있는 것도 아니지만, 이 상태는 좀 버겁다.

그리고 무엇보다도 『고블린 세 마리를 퇴치했다』만으로는 보고서가 불충분하다.

그녀는 용에게 맞서는 각오로 결의를 다지고, 이 기묘한 모험가를 마주 보았다.

“어, 어떻게 퇴치하셨나요?”

“또 한 파티. 다른 모험가들이 의뢰를 받았다. 그쪽이 두 마리, 내가 한 마리를 처리했다.”

그는 생각보다 순순히 대답해 주었다. 접수원은 맥이 빠져서 눈을 깜빡였다.

그렇다면……. 그녀는 조심조심, 약간 주저하는 기색으로 다음 질문을 던졌다.

“그밖에는…….”

“그밖에.”

“뭔가, 그, 눈치 챈 점이라든가, 한 일이라든가, 말이죠.”

“……. 하룻밤 상태를 봤다. 그러나 증원이 올 기색은 없었다.”

두런두런 중얼거린 그는 철 투구를 조금 기울였다.

접수원이 「어머나?」 하고 생각하자, 뭔가 생각하고 있던 그는 여전히 낮은 목소리로 덧붙였다.

“그 파티의 승려가 한 말인데, 뜨내기가 아닐까 하더군. 둥지를 잃은 녀석들이다.”

“과연, 그렇군요…….”

—아, 그렇구나.

접수원은 펜을 서류 위에서 움직이며 살짝 볼을 풀었다.

과묵하긴 하다. 뭔가 이상한 사람이기도 하다. 그러나.

—뭐야, 이 사람. 물어보면 제대로 대답을 해주는군요.

일은 확실하게 처리해준다. 돌아와 준다.

그에게 자세히 질문을 하고 귀를 기울이면서, 접수원은 네, 네, 고개를 끄덕였다.

"그러면 확인할게요. 의뢰를 받아서 현지에 갔더니, 고블린 세 마리와 조우."

"그래."

그의 철 투구가 세로로 끄덕 흔들렸다. 접수원은 고개를 흔드는 인형을 떠올리고 볼이 느슨해졌다.

"다른 건으로 현지에 있던 다른 파티와 합류. 고블린 세 마리를 퇴치. 증원이 올 기색은 없음."

"그래."

"그러면, 이걸로 의뢰 완료가 됩니다. 수고하셨습니다!"

생긋 미소 짓는 표정은 억지로 가져다 붙인 것이 아니었다. 자연스럽게 떠올랐다.

접수원은 작성한 내용을 확인하면서 규정된 순서로 금고를 열어 보수가 담긴 돈 주머니를 꺼냈다.

고블린 퇴치의 보수.

가난한 외진 마을의 사람들이 열심히 긁어모은 화폐.

환전해서 무게가 가벼워졌다지만, 그곳에 담긴 마음이 줄어들지는 않는다.

그는 쟁반에 담아서 내민 그것을 가만히 바라보더니 이윽고 거침없이 집었다.

"요전에, 말씀 드렸죠? 제대로 의뢰를 받고, 일을 하고, 보수를 받는다."

흐흥. 접수원은 남몰래 자랑거리인 가슴을 기분 좋게 내밀며, 자신 있게 검지를 세웠다.

"그게 모험가의 책임이나, 신뢰나, 신용이라는 거예요."

옆자리의 동료가 「무슨 말을 하는 건지」라는 듯 기가 막힌단 표정으로 보고 있었지만, 알 바 아니었다.

눈앞의 그가 고블린을 퇴치하고, 그녀가 보수를 지불하고, 서로 일을 마친 것이 기뻤다.

접수원의 뇌리에는 근심 어린 표정으로 창구에 서 있던 농부의 모습이 떠올랐다.

마을 사람들도 분명히 안심했을 것이다.

자신이 하는 일이 그것을 돕고, 이렇게 그가 그것을 해냈다—.

"그래서, 고블린 의뢰는 있나?"

서류를 통통, 탁상에서 정리하던 접수원은 뭔가 잘못 들었나 싶어서 고개를 갸웃거렸다.

"네—?"

"고블린이다."

그는 똑바로, 그 철 투구를 이쪽으로 향하고 있었다.

옆줄에 서 있던 창잡이가 믿을 수 없는 걸 보는 눈을 하고 있었다.

—이 사람은 좀 이상한 거 아닐까?

접수원의 뇌리에 스친 그 생각은 그녀만 들었던 생각이 아니리라.

대화를 듣고 있던 길드의 모험가들이 한순간 흠칫한 표정을 지었다.

접수원은 침을 삼켰다. 꿀꺽, 하는 소리가 이상하게 크게 들리는 기분이었다. 목소리가 떨렸다.

"고블린……말인가요?"
"그래."
그의 대답은 흔들림이 없었다.
그러나, 접수원의 얼굴에 당혹감이 떠오른 것을 본 모양이다.
철 투구가 살짝 기울더니, 낮고 담담한 목소리가 이어졌다.
"보수는 받는다."
그것을 「이해해 줬다」라고 받아들여야 할지, 「그러니 됐지 않나」라고 받아들여야 할지.
고블린 퇴치를 하러 가는 신입 모험가들. 나날이 고블린 퇴치를 의뢰하는 사람들.
돌아오지 못한 사람들. 받아들여준 사람들.
접수원은 한 번 입술을 깨물고 후우, 숨을 내쉬었다.
이렇게 되어 버리면 어쩔 수 없다.
그에게 부탁하는 이상, 그를 도와야 할 것이다. 접수원은 다시 펜을 잉크병에 적셨다.
길드는 결코 직업의 상조회가 아니지만, 모험가를 돕지 않을 이유는 없었다.
—없을, 테죠?
"고블린인가."
"있어요. 몇 건 정도."
그런 그녀의 마음을 전혀 눈치 못 챘을 그에게, 미소를 가져다 붙일 필요도 없었다.
하는 수 없네요. 자연스럽게 떠올라 버린 미소로 충분할 것인가?

아니, 부족하다.

"다음에는 조금 더, 적극적으로 보고해 주실 거죠?"

"음……."

그녀는 이렇게 뭘 생각하고 있는지 모를 철 투구에게 휘둘리고 있었다.

그렇다면 한두 마디 정도 잔소리를 하지 않으면 분이 안 풀린다.

"고블린을 해체했다는 게 사실인가요?"

"했다만."

"다른 모험가들에게 오해를 살만한 짓은 삼가 주시겠어요?"

생글생글 웃으면서 말하자 그는 낮게 「으음」 소리를 냈다.

—난처한가?

그것이 조금 즐거워서 접수원은 그대로 다음 말을 입에 담았다. 호기심도 있었지만.

"도대체가, 어째서 그런 짓을 하신 건가요?"

"조사하기 위해서다."

"뭘요?"

"고블린에 대해서."

그렇게나 고블린을 고집하는 이유를, 접수원은 알 수 없었다.

고블린, 고블린고블린.

접수원은 깃털 펜 자루로 관자놀이를 가볍게 꾹꾹 문질러 풀었다.

"삼가 주세요. ……적어도 다른 사람이 오해할만한 짓은."

알고는 있을 거라고 생각하지만요. 접수원은 그렇게 말하며 살짝 표정을 풀었다.

§

그녀가 소리를 듣고서 눈을 뜬 것은 새벽이 되기도 전, 아직 하늘이 어두운 청색에 물들어 있을 무렵이었다.

"응…… 으우……."

꼬물꼬물 침대 속에서 몸을 움직이다가 머리만 모포 밖으로 내밀어 창밖을 보았다.

일출은 아직 멀었다. 심야와 이른 아침, 그 경계의 시간. 닭도 아직 자고 있었다.

그렇지만, 그녀는 분명히 들었다. 희미하게…… 저벅저벅, 거침없는 발소리.

"……돌아, 왔어?"

소치기 소녀는 삼촌이 깨지 않도록 소리를 조심하며 스르륵 침대에서 빠져 나왔다.

밤의 기척을 듬뿍 남긴 공기가 그녀의 맨살을 가차 없이 휘감아 부르르, 몸이 떨렸다.

그녀는 사이즈가 안 맞는 속옷을 입더니 셔츠를 걸치고 양초의 심지에 불을 붙였다.

살며시 복도로 나가서 조심조심, 조용한 집 안을 걸었다.

만약 아니라면 무서우니까. 중간에 소치기 소녀는 장작을 주워서 한 손에 쥐었다.

"그, 게……."

그리고 도착한 그의 방. 문이 닫혀 있어서 그녀는 침을 꿀꺽 삼켰다.

조심스레 문을 두드려 노크를 한 다음, 가만히 문틈을 열어서 들여다보았다.

"어서, 와……?"

대답이 없다. —아니, 사람의 기척 자체가 그곳에 없었다.

여전히 쓰인 흔적이 없는 침대. 개어진 모포. 물건도 거의 놓여 있지 않았다.

소치기 소녀가 가만히 발을 들이자 바닥 위에 얇게 쌓인 먼지가 피어올랐다.

"……없어?"

그렇지만 다시, 희미한 소리가 났다.

그것은 그녀의 기분 탓, 혹은 바람 소리일지도 모르지만 분명히 들렸다.

집 안— 아니, 달랐다.

"바깥……이구나."

—그러고 보니 헛간을 빌려준다고, 했었지……?

이미 한참 쓰지 않는 낡아빠진 헛간이었다. 혹시 그쪽에 있나?

소치기 소녀는 맨 살 위에 걸친 셔츠 자락을 정돈하고서 살금살금 현관을 열었다.

곧장 휘잉, 지나가는 여명의 바람이 살을 에는 것처럼 그녀의 피부를 쓰다듬었다.

봄인데도 아직 겨울이 남아 있는 것 같아서 굉장히 쌀쌀했다.

촛불의 불이 꺼질 뻔하자 소치기 소녀는 황급히 그것을 손으로 가리고 한숨을 쉬었다.

—이런 차림으로 바깥에 나가는 건 상스러운 걸까?

그런 생각도 슬그머니 뇌리를 스쳤지만, 누가 보는 것도 아니다.

그녀는 가만히 초원에 발을 내리고 밤이슬 아침이슬에 맨발을 적시며 걷기 시작했다.

헛간은 군청의 하늘을 등지고 칠흑 같은 그림자를 드러내고 있었다.

지붕이나 벽에 구멍이 뚫렸고, 술렁술렁 바람에 흔들리는 목초와 어우러져서 폐옥 같았다.

—그러고 보니 여기, 들어간 적이 거의 없어…….

5년 전 목장에 왔을 때부터 이랬던 것 같았다.

첫 날에는 분명히 목장의 부지를 탐색했으니까 이 헛간에도 들어왔던 것 같은데.

"……우."

정말로 기분 탓이 아닐까? 소치기 소녀는 한 걸음 뒤로 물러섰다.

아무도 없다. 있을 리 없었다. 이런 고블린이 숨어들 법한 곳에 혼자서 오다니.

소귀— 고블린.

아직 보지 못한 괴물을 떠올리고, 소치기 소녀는 머리칼을 흔들며 고개를 좌우로 저었다.

그녀가 가만히 문에 손을 대고 밀자 끼이이, 삐걱대는 소리를 내며 열었다.

"저기…… 있어……?"

가만히 말을 던졌지만 어슴푸레한 실내에서 대답은 없었다.

그녀는 어둠에 눈이 익숙해지도록 깜빡이며 촛불의 빛을 안으로 넣었다.

"……윽?!"

숨을 삼켰다.

과연 어둠 한 구석에 그의 모습이 있었다.

마치 망자나 망령 같았다. 촛불의 불꽃이, 삭아버린 것 같은 갑주를 드러냈다.

뿔이 부러진 철 투구, 지저분한 가죽 갑옷, 손에는 원형 방패를 고정시켰고 허리에는 검을 찬 남자.

그런 그가 폐옥 구석에 웅크린 것처럼 몸을 욱여넣고 있었다. 심장이 쿵쾅거렸다.

찌잉. 코를 찌르는 비릿한 쇳내와 미약한 악취. 목장에서 하는 일로 익숙했다. 피와 내장냄새다.

소치기 소녀는 얼굴이 굳어졌다. 무심코 무릎을 짚고서 사사삭 그의 곁으로 다가섰다.

"저, 저기, 괜찮아?! 다친 거야?!"

"……."

대답은 없었다.

철 투구가 어색하게 움직여 그녀 쪽을 보았다. 면갑 너머로 붉은 눈동자가 보인 것 같았다.

"아니."

그는 낮은 목소리로 중얼거리고 천천히 일어섰다.

"아니다."

소치기 소녀는 그것에 압도되어 엉덩방아를 찧고 말았다.

올려다보는 자세가 되어서 황급히 셔츠를 잡아당겨 앞을 가렸다. 새삼스럽긴. 볼이 뜨겁다.

"어, 아, 그……."

"쉬고 있었을 뿐이다."

미약하게 목소리가 쉬어 있었다. 자다 일어나서? 소치기 소녀는 멍하니 생각했다.

그는 헛간 구석에 놓인 물주전자를 집어 언제 떠온 건지도 모를 물을 벌컥 들이켰다.

소치기 소녀는 셔츠 앞을 누르며 살금살금 일어섰다.

"쉬고 있었, 어……."

—여기서?

비바람이나 간신히 피하는 게 고작인 움막이었다. 침대도 없는데, 땅바닥에 앉아서…….

—쉬고 있었어?

"한쪽 눈을 뜬 채로도 잘 수 있다."

그것은 대답이 아니었다. 적어도 소치기 소녀가 바라는 대답은 아니었다.

멍하니 서 있는 그녀의 눈앞에서, 그는 재빨리 느슨하게 풀어둔 장비의 연결구를 다시 조였다.

"휴식은 취했다."

"취했, 다니…………."

소치기 소녀는 재빨리 그의 장비에 눈길을 주었다. 검, 방패, 갑옷, 투구. 물론 자세하게는 모른다.

그렇지만 이건 아무리 봐도 모험에서 돌아온 그대로인 꼴 같았다.

말을 자아내려고 목이 떨렸다. 소치기 소녀는 풍만한 가슴 앞에서 손을 꾹 움켜쥐었다.

"어, 어디 가는데……?"

"고블린이다."

그 말을 끝으로, 그는 아무 말도 하지 않았다.

철커덕철커덕. 어슴푸레한 헛간 안에 무구를 정돈하는 소리만 울렸다.

소치기 소녀는 손에 든 양초가 다 꺼져가는 것을 깨달았다. 하지만 다시 붙일 생각은 안 들었다.

—그렇구나.

그가 돌아와서, 멋대로 뭔가 변하기 시작했다고 생각했지만.

그녀가 5년 전 그대로니까, 그 또한—.

—그날 그대로구나. 전부.

그렇다면 나는 어떡하면 좋을까? 소치기 소녀는 양손을 꼭 움켜쥐었다.

그는 이미 장비를 갖추어 버렸다. 갑옷을 다시 입고, 무구를 챙기고, 배낭을 짊어졌다.

"아……."

말을 걸려고 입을 연 그녀 옆을, 그는 말없이 성큼성큼 지나쳤다.

돌아보자 그는 이미 삐걱대는 열린 문 너머에 있었다.

멀리 보이는 등. 그저 혼자서, 그는 또 어딘가로 가고자 했다.

소치기 소녀는 그것을 견딜 수가 없어서 표정을 왈칵 찡그렸다.

"기다릴 거야!"

섬광처럼 되살아나는 기억이 있었다.

어린애 같은 말싸움. 눈물이 눈에 넘치고, 그도 울려 버렸다.

아침. 부모님이 배웅해줘서 마차에 탔다. 짐칸에서 돌아보았다. 그의 모습은 없었다.

돌아가면 하려고 했던 말. 돌아가지 못한 장소.

그녀는 돌아갈 수 없다. 돌아가지 않았다. 돌아오지 않는다.

그게 아니다. 그런 건 이제 싫었다.

"기다릴 거야. 이번에는, 꼭."

—돌아와줘.

그 말이 제대로 전해졌는지, 소치기 소녀는 알 수 없었다.

흘끔 이쪽을 돌아본 것 같았지만 분명 기분 탓이리라.

아침 해 탓인지 아닌지, 시야가 너무나 흐릿해서 판별할 수 없었으니까.

막간 「안타깝게도 그녀의 모험은 여기서 끝나 버렸다」

Goblin Slayer
YEAR ONE
The Dice is Cast.

소리도 없고, 기척도 없었다. 그저 바람이 분 것 같았다.

바로 한순간 전까지 「축축해」라거나 「냄새나」라고 불평을 흘리던 하프 엘프 탐색자.

「블롭을 해치우면 금방 돌아갈 수 있어」라고 했더니 「힘낼게」라고 미소를 지어준 그녀.

그런 그녀의 모습이 삭 사라졌다. 눈앞에서. 어디로?

툭 떨어진 것은 그녀의 신발이었다. 위? 위에, 뭐가―?

그곳에 그녀가 있었다.

어둠 속, 하반신만 보였다.

신발이 벗겨지고, 의복이 말려 올라가 속옷이 보이는 것도 상관하지 않고 필사적으로 발버둥치고 있었다.

버둥버둥 공중을 차고 있던 다리가 으직, 콰직. 씹는 소리가 들릴 때마다 경련하더니 움직이지 않게 됐다.

죽었다? 죽었다――. ……죽었다?

머리 위에서는 아직도 소리가 이어지고 있었다. 달그락 소리가 나면서 눈앞에 그녀의 활이 떨어졌다.

삼켜진다. 씹히고 부서지면서. 서서히 서서히, 그녀의 다리가 위로 사라졌다.

옆에서는 드워프 전사가 소리치며 전투 도끼를 들어올렸다.

지식신의 승려가 괴물의 이름을 외쳤다.

후두둑. 피인지 뭔지 알 수 없는, 그녀의 몸에서 넘친 것이 떨어졌다.

으적으적 뭔가 맞물리는 소리가 났다.

커다란 턱이다.

눈앞에 한 가득 펼쳐지는, 목을 늘어뜨린 거대한 딱정벌레의.

지네와 비슷한 그 커다란 턱에서, 피. 그녀의 피가―.

"우―."

목이 떨리고, 혀가 꼬이고, 목소리가 갈라졌다.

"와아아아아아아아앗!!"

외치고, 달리고, 검을 휘두르고, 뛰어든 것까지는 기억하고 있었다.

뭘 어떻게 해서 살아남은 것인지 기억나지 않았다.

그 다음, 깨달았을 때는 저녁놀 속에서 기어 다니고 있었다.

동료는 모두…… 아니, 두 사람은 진흙투성이였다.

지식신의 승려가 필사적으로 드워프의 어깨에 손을 대고 있었다.

그녀는? 갈라진 목소리로 중얼거렸다. 대답이 없었다. 구해야지. 대답이 없었다.

승려에게 멱살을 잡히고, 얻어맞아서 쓰러졌다. 이런 힘이 있는 줄은 몰랐다.

암식괴충(岩喰怪蟲)
―록이터.

금맥을 너무 깊게 파고든 탓에 살던 곳에서 쫓겨난 놈이다. 블롭 놈들은 그것을 피해 지표로 솟아올랐다.

나중에 가서야 그런 사정을 알게 되었다.

제5장 『경험과 성장』

Advance to the Next Level

Goblin Slayer YEAR ONE The Dice is Cast.

"너, 처음부터 자기가 완벽하다고 생각하는 건 아니겠지?"

어슴푸레한, 냉기가 죽음으로 직결되는 얼음 동굴 안쪽 바닥에서 그 추악한 레아가 말했다.

"아니, 완벽하지 못하다. 처음부터 가진 것으로 뭐든지 할 수 있다고 생각하겠지."

번득이는 단검을 흔들었다. 진은(眞銀)의 사슬갑옷을 입은 노인장은 익살을 부리듯 양손을 펼쳤다.

"실패는 싫어—! 한 번도 지고 싶지 않아아! 특훈 따위 필요 없다—!!"

조롱하며 웃는 그 목소리가 동굴 안에 반향해서 왕왕 퍼졌다.

귀가 아플 정도의 목소리다. 천장의 고드름이 파르르 떨리더니 부러져 떨어졌다.

발치에 박힌 그것을 간단히 피한 노인은 고드름을 주웠다.

들어올리고, 내리친다. 둔탁한 소리가 나면서 **그**의 이마가 깨졌다.

"여기에 다른 누구도 생각지 못할 법한 아이디어가 들어 있느냐? 엉?"

너무나도 추운 탓에 팍 튀어 오른 피가 하얀 김을 피워 올렸다.

"세상 모든 사람들을 바보 취급하는 것도 적당히 하거라. 건달들도 너보다는 영리하다."

노인은 손에 든 고드름을 재미없다는 기색으로 던져 버리더니 상스런 자세로 주저앉았다.

"잘 들어라. 그렇지 않다는 걸 가르쳐 주마."

엎드린 그는 대답할 수 없었다. 일어서지도 못했다.

그의 양손은 꽁꽁 묶여 있었고, 냉기가 그의 피부를 바닥에 붙여 놓았으니까.

그러나 노인은 신경 쓰지 않고 그의 머리를 붙잡아 몸을 바닥에서 떼어냈다.

"각오해라. 알겠냐?"

"네."

그는 간신히 목소리를 낼 수 있었다.

"선생님."

"좋다!"

노인은 시이익 웃으며 그의 몸을 끌고 갔다.

그것은 지저에 펼쳐진 수맥 — 하천 — 아니, 빙하라고 불러야 할 것이었다.

눈 덮인 산에서 무너진 얼음이 간신히 액체라 부를 수 있는 상태가 되어 흐르고 있었다.

그곳에, 노인은 말없이 그를 차서 떨어뜨렸다.

"———?!"

비명은 말이 되지 않았다. 온몸을 빈틈없이 바늘로 찌르는 격통이 흘렀다.

폐는 추위에 짓눌려 굳었고, 심장이 옥죄여 오는 것 같았다.

하염없이 버둥거려도 가라앉기만 하는 그의 머리를 노인이 짓밟

았다.

"깊이 가라앉아라! 그리고 차라!"

레아 노인은 번득이는 단검을 휘두르며 새된 소리로 지껄였다.

"그러면 떠오른다! 반복해라! 아니면 죽는다!"

그는 필사적으로 숨을 내쉬고, 깊이 가라앉았다. 발끝이 얼음 바닥을 밟았다. 걷어찼다.

—스승의 말이 맞았다.

§

그래서 그는 실패를 양식 삼아 조금씩 진화했다.

원형 방패도 작은 것으로 바뀌고, 손잡이를 떼어내고, 테두리를 금속 고리로 두른 것이 되었다.

장검은 관두고, 지금은 양산품을 갈아낸 어중간한 길이의 검을 허리에 찼다.

잡다한 짐이 들어갔던 배낭을 언젠가부터 허리띠에 두르는 가방으로 바뀠다.

새로웠던 가죽 갑옷은 진흙과 토혈에 더럽혀지고 덧칠되어 완전히 지저분해졌다.

그렇잖아도 싸구려였던 철 투구는 한쪽 뿔이 부러져 볼품없는 영역에 달해 있었다.

이미 그를 모험에 부르려는 자는 없었다.

고블린, 고블린, 고블린, 고블린, 고블린, 고블린.

그저 그것만을 반복하는 남자의 모습을, 모험가들이 멀리서 보고 몰래 수군거렸다.

때로는 철 투구 안을 둘러싼 사소한 도박이 열리고, 그를 본 신입이 흠칫하는 정도다.

그와 연관되려는 자는 없었다. 그 자신이 누군가와 연관되려는 일도 없었다.

그러나 세상을 살아가는 한, 바라든 바라지 않든 다소 인연은 생기는 법이다.

§

"그 애한테 뭔가 한 건 아니겠지?"

목장 주인은 입을 열자마자 **그**에게 낮은 목소리로 말했다.

새벽녘의 목장, 아직 태양이 옅은 보라색 빛을 던질 무렵이었다.

이른 아침의 차가운 공기 속에서, 헛간 앞에 진을 친 목장 주인이 그에게 쇠스랑을 들이댈 기세였다.

모험가 길드로 나서려는 참이겠지. 헛간을 나선 직후의 그는 손을 뒤로 돌려 문을 닫았다.

그리고 목장 주인을 향해서 어색한 태도로 말했다.

"뭔가, 라는 것은. 무엇입니까."

"시치미 떼도 짐작이 갈 것 아닌가?"

그로부터 며칠이 지났다.

일하느라 바쁜 목장 주인이지만 가족은 신경 쓰고 있었다.

이른 아침에 그의 헛간을 찾아간 이후로 조카가 생각에 잠기는 일이 많아진 것 정도는 알 수 있었다.

여동생이 남긴 아이. 외동딸처럼 누구도 대신할 수 없는 마지막 가족이었다.

물론 언젠가는 사랑도 하리라. 결혼도 하리라. 집을 나서리라.

—그렇다고 해도.

“만약 그렇다면 각오는 되어 있겠지.”

목장 주인은 낮은 목소리로 으르렁대며 그를 찌릿, 노려보았다.

이 남자는 문자 그대로 철가면 안에서 뭘 생각하고 있는지 알 수가 없었다.

파렴치한 짓을 하나라도 했다면 손에 든 쇠스랑으로 패줄 셈이었다.

그 정도 권리는 양부로서— 보호자로서 가지고 있다고, 목장 주인은 생각했다.

“아뇨.”

그는 철 투구를 흔들었다.

“딱히, 아무것도.”

그 목소리는 낮고 담담하며 맥이 빠질 정도로 간단히 나왔다.

만약 이것이 거짓을 고하는 자의 말이라면 그 녀석은 틀림없이 대단한 악당일 것이다.

목장 주인은 가만히 철 투구를 노려보더니, 잠시 지나자 당혹하며 시선을 피했다.

“그런가.”

“네.”

멀리서 닭이 울었다. 곧 태양도 완전히 모습을 나타내리라. 하루가 시작된다.

목장 주인은 눈부심을 참는 것처럼 눈을 가늘게 떴다. 커다랗게 숨을 내쉬었다.

"……모험가를 관둘 생각은 없나?"

그것은「모험가 같은 폭력적인 일을 하는 놈에게 조카는 못 준다」라는 무언의 뜻이기도 했다.

그러나 그것 이상으로, 그 마을의 생존자가 제대로 살아갈 수 있다면 그것보다 좋은 일은 없다.

적어도— 그렇다, 적어도. 목장 주인은 스스로 깨닫고서 눈을 깜빡였다.

쇠스랑으로 때리고서 용서할 정도로는, 이 청년의 성실한 부분을 인정하고 있었던 것이다.

"아뇨."

그러나 그는 딱 잘라 고개를 옆으로 저었다.

"고블린이 있으니까요."

"……."

그리고, 이거다.

목장 주인은 지난번 자신의 결단을 빨리도 후회하고 있었다.

5년이나 지나서 조금 재기할 것 같았던 조카가 풀이 죽는 것도 무리가 아니었다.

"그러면, 얼른 나가라. 일은 제대로 해야지."

—이 남자는 벌써 **망가져** 버렸다.

진흙탕 속을 기어 다닌 것처럼 기이한 행색도 어우러져서 일목요연했다.

씁쓸하게 생각하며 쇠스랑을 손에 들고 걸어가는 목장 주인의 등 뒤에서「네」하는 대답이 들렸다.

"……그 애는?"

그리고 이어진 의문에 목장 주인은 멈춰 서서 어허, 한쪽 눈썹을 치켜 올렸다.

완전히 흥미가 없다고 생각했건만.

돌아보자, 그가 어쩐지 어쩔 줄 모르는 기색으로 서서 이쪽을 보고 있었다.

"좀 나갔다. 오늘은 늦게까지 안 돌아온다."

가르쳐주자 그는「그렇습니까」라며 천천히 도시를 향해 걷기 시작했다.

그 발걸음이 왠지 위태로워서, 목장 주인은 어쩐지 버려진 어린아이 비슷하다고 생각했다.

§

"아……!"

길드의 접수 데스크에 기대고 있던 접수원 아가씨가 퍼뜩 고개를 든 것은 아침의 소란이 지났을 무렵.

문이 열리고, 성큼성큼 난잡하고 거침없는 발소리가 똑바로 접수처를 향해서 다가왔다.

"고블린이다."

길드의 접수처에 울리는 그 말에 눈길을 주는 자는 이제 없었다.

지저분한 장비의 모험가가 불쑥 모습을 드러내면 다들 나 몰라라 시선을 돌리게 되었다.

무리도 아니다.

그가 다소 망가져 있는 것 정도는 누구나 알 수 있었다.

세상이 숙명과 운명 어느 쪽에 지배되든, 모험가는 미신을 믿는 경향이 있다.

묘한 녀석들과 연관되지 않는 것도 자기방어 수단 중 하나다.

"네, 고블린 퇴치군요!"

그러나 접수원에겐 상관없는 일이었다.

그녀는 활짝 밝게 웃더니 준비해둔 서류를 서랍에서 꺼냈다.

물론 고블린 퇴치 의뢰서다.

—조금, 떠넘기는 것 같아서 싫기는 하지만요…….

따끔 가슴을 찌르는 생각도 들었지만, 누군가가 해야만 하는 일이었다.

중견이라면 모를까, 초보자들조차 받지 않으면 누가 의뢰인을 구해준단 말인가?

—물론, 다른 사람들이 하는 일도 필요하지만요.

그래서 결국 이것은 남아 버린다.

이른 아침에 붙인 의뢰를 모험가들이 몰려가서 서로 빼앗은 다음, 남은 것.

그러니까 누구에게도 민폐 끼치지 않고 — 민폐? — 고블린 퇴치를 알선할 수 있는 것이다.

"그러니까, 오늘은 다섯 건 있어요. 마침 다른 여러분들이 광산 소동으로 다들 나가 있어서……."

한 장, 또 한 장. 접수원은 서류를 넘기며 정중한 태도를 마음먹고서 설명했다.

처음 무렵에는 허둥지둥 거렸지만 지금은 그렇지 않다. 상당히 줄었다.

그게 모두 그 덕분일 거라고 생각했다.

물론 연습이라고 생각지도 않고, 그를 연습 상대로 삼을 생각도 없었지만…….

"……?"

그때 접수원은 문득 고개를 갸웃거렸다. 그에게서 대답이 없었다. 질문도.

눈앞에는 요즘 들어 완전히 익숙해진 싸구려 철 투구.

한쪽 뿔이 부러진 탓인지 약간 고개가 기울어져 있는 것은 정감이 간다.

기분 탓인지 그 철 투구가 좌우로 비틀거리고 있는, 것 같은데……?

"저기…… 몸 상태 안 좋으세요?"

"……. 아니."

한순간 틈이 지난 후, 그가 어색하게 고개를 좌우로 흔들었다.

"괜찮다."

접수원은 무심코 속으로 「으으음」 신음했다.

그 「괜찮다」가 무엇에 대한 말인지 전혀 알 수가 없었다.

—하다못해 얼굴이 보이면 좋겠는데요.

생각해 보면 그의 얼굴을 제대로 본 것은 처음 등록을 접수했을 때뿐이다.

조금 더 잘 봐둘 걸 그랬다고, 이제 와서 후회해도 늦었지만.

"……."

접수원은 어흠, 가볍게 헛기침을 한 번 했다.

"저기 말이죠."

평소처럼 생글생글 미소를 가져다 붙이고, 접수원이 손가락 끝으로 통통 카운터를 두드렸다.

표정을 전혀 알 수 없는 철 투구를 가만히 보고 있자니 어쩐지 묘하게 심통이 났다.

"몸이 안 좋아서 비틀거리는 사람한테, 일을 맡길 수 있다고 생각하세요?"

"괜찮다."

반복되는 말에 접수원은 탕, 가볍게 카운터를 두드렸다.

옆 자리 동료의 시선이 날아와 박혔지만 알 바 아니었다.

한 번 입을 열자, 단숨에 말이 튀어 나갔다.

"생 · 각 · 하 · 세 · 요?"

웃는 표정 그대로 몸을 쓱 내밀어 그에게 얼굴을 접근시켰다.

철 투구 안쪽에서 그가 뭐라고 중얼거리는 것 같았지만, 마지막에 「아니」라는 말이 들렸다.

"의뢰를 제대로 수행하기 위해서라도, 제대로 된 휴식을 취해 주세요!"

안 그러면 의뢰 알선 안 해드려요. 그렇게 말하자 그는 살짝 고개를 끄덕인 것 같았다.

"좋아요."

—흐흥.

아주 약간 뽐내는 기분으로 자세를 바로잡은 접수원의 목소리가 살며시 부드러워졌다.

—이 정도로, 봐드리도록 할게요.

"그러면 특별히…… 오늘은 이걸 드릴게요."

접수원이 말하고, 카운터 안쪽에 상비하고 있는 길드의 상품을 집었다.

작은 병에 담긴 옅은 색의 약액. 스태미나 포션(강장의 물약)이었다.

물론 모험가에게 무상으로 양도하는 건 안 된다. 길드의 중요한 수입원이니까.

그렇지만 방법은 있다. 접수원은 나중에 자신의 급여에서 차감할 생각이었다.

"비밀이에요?"

"음."

그렇게 말하며 한쪽 눈을 깜빡이자, 그는 철 투구 안쪽에서 낮게 신음했다.

"……미안하군."

"그럴 때는『고마워』라고 하는 편이 점수를 높게 쳐줘요."

잠시 지나 조용히 나온 말을 듣고 접수원이 키득키득 웃었다.

"그래서, 말이죠. 이번에는 다섯 건 있어요. 다만 다른 모험가들이 다들 나가 있어서…….”

“다들 나갔다?”

그는 대단히 낮은 목소리로 말했다.

“네.”

접수원은 「어머나?」 하며 갸우뚱하고는 고개를 끄덕였다.

—조금, 드문…… 일일까요?

기분 탓이 아니라면, 그의 목소리가 대단히…… 짜증이 묻어 나온 것처럼, 들렸다.

“네. 광산 쪽에서…… 조금 커다란 사건이 있어서요. 아, 그쪽 일을 하실래요?”

“아니.”

그는 고개를 옆으로 저었다. 그리고 의뢰서를 한 장 집었다.

“고블린 퇴치다.”

“그건—.”

접수원은 새삼 그 서류를 눈으로 훑었다.

변경의 개척촌에서 온 의뢰다. 고블린이 나타났소. 퇴치해 주오. 흔한 내용이었다.

—다만, 수가 조금…… 많지 않을까요?

목격된 고블린의 수가 조금 신경 쓰였다.

“……그게, 괜찮은 건가요?”

접수원은 짧게 물었다. 몸 상태에 대해서. 솔로인 것에 대해서.

문득, 그가 이제 돌아오지 않는 것 아닐까 하는 불길한 상상이 머리를 스쳤다.

가슴 안쪽이 어째선지 찌르듯이 아프다. 그녀는 무심코 몸을 내밀었다.

"자, 잠깐 기다리면, 다른 모험가들도 돌아—."

"고블린 상대는."

그는 잘라내듯 말했다.

"내가 혼자서 한다."

§

"또 너냐?"

공방의 노인은 회전식 숫돌로 검을 연마하던 손길을 멈추고 얼굴을 찌푸렸다.

검을 가는 것은 때때로 이런 식이다. 회전하는 숫돌에 검을 대고서 불꽃을 튀긴다.

칼날을 날카롭게 할 때마다 칼몸은 말 그대로 깎여나간다. 언젠가는 한계가 찾아온다.

그야말로 마검이나 성검, 마법의 무구가 아닌 이상은 찾아오는 파멸을 피할 수 없다.

엘프조차도 시간의 흐름에서 벗어날 수 없다고들 하는데.

—그러나, 그래도 말이다.

노인은 눈을 날카롭게 뜨고 눈앞에 선 기이한 행색의 남자가 가져온 검을 집었다.

받침대 위에 놓인 그것은 정말 지독한 꼴이었다.

어중간한 길이가 될 때까지 검신을 깎아냈기 때문이 아니다. 그 이전의 문제다.

날은 나갔다. 피와 지방에 찌들었다. 거의 톱처럼 변해버린 검은, 백정이 쓰는 도축용 칼도 이러랴 싶을 정도로 더러웠다.

뿐만 아니라 칼코등이는 뭘 때렸는지 뒤틀렸고, 손잡이 끝은 반쯤 부서진 꼴이다.

"칫. 장비를 소중히 다루지 않는 놈은 일찍 죽는 법이다."

"소중히 다루지 않는 건 아니다."

그가 낮은 목소리로 말하자 노인은 「또 모르지」라며 기가 막혀 중얼거렸다.

보통, 검사가 「검 한 자루로는 5명도 못 벤다」라고 한다.

그것에 그 잘난 표정의 초보자들이 「그렇지 않다. 그저 풍문이다」라고 반박한다.

물론 전자가 옳고, 후자는 틀렸다.

하긴, 분명히 달인이 칼날의 결을 간파하여 잘 벤다면 날도 안 나가고 지방도 안 묻는다.

그렇지만 검을 휘두르는 건 싸움터다.

갑옷이 있고, 가죽이 있다. 뼈에 맞는 일도 있고, 마구잡이로 휘두르는 일도 있다.

상대의 무구와 마주치면 칼날이 나간다. 혈관을 끊으면 칼날은 지방에 젖는다.

검의 칼코등이와 손잡이를, 급할 때 전투 망치처럼 휘두를 수 있도록 해놓는 것도 당연한 도리다.

검 한 자루로는 5명도 못 벤다.

—그래도 이건 좀 어떻게 안 되는 거냐?

들어 올린 검의 칼날을 노인이 손가락으로 훑어보고, 대책이 없다며 고개를 좌우로 흔들었다.

"다시 갈아도 소용없다. 맡아줄 테니까 새로 사라."

"알았다."

검을 고철이 든 바구니에 던져 넣고, 노인은 그에게 차감액을 말했다.

그러자 그는 가방에서 지갑을 꺼내, 주저 없이 화폐 한 닢을 탁상에 놓았다.

보아하니 지갑은 상당히 부풀어 있는 듯 보였다.

"……꽤 잘 버는구나. 뭘 하고 있냐?"

"고블린 퇴치다."

"엉?"

노인은 미간을 끌어 올렸다.

"장비 사는 돈은 파티 공유 저금에서 낸다……. 뭐 그런 거냐?"

"솔로다."

노인은 깊숙하게 한숨을 쉬었다.

그러니까 즉, 이 남자는 검 한 자루로 5명 이상 베어야 한다는 것이다.

그렇다면 조금 더 상등품을 써도 괜찮을 법 하다만—.

"부탁한 것은 다 됐나?"

"그래."

—……아니, 말을 말자.

칼집째로 건넨 새로운 검을 허리에 차는 그를 보며, 노인은 고개를 좌우로 흔들었다.

노인은 받침대 안쪽으로 손을 넣어 기름종이 꾸러미를 꺼내 굵직한 손가락으로 포장을 풀었다.

촤르륵. 소리를 내면서 받침대 위에 가는 사슬로 만들어진 갑옷이 놓였다.

그러나 꼼꼼하게 기름을 쳤다. 판금 갑옷과 비교하면 하늘과 땅 차이만큼 소리가 작다.

가죽 갑옷 안쪽에 입으면 은밀성을 해치지 않고 제법 방어력을 기대할 수 있다.

그렇지만, 사슬의 눈이 약간 조잡하다. 돌격검이나 세검으로 찌르면 틀림없이 꿰뚫리리라.

진은으로 만든 사슬 갑옷 따위가 있다면 모를까, 이것은 어차피 철사 세공.

그래도 있는 것과 없는 것의 차이는 크다. 목숨의 갈림길이 되는 것이다.

"그렇게 상등품은 아니다."

그러나 네가 요구한 건 만족할 거다. 노인은 그의 철 투구 안쪽을 노려보았다.

그는 평소처럼 담담하고 낮은 목소리로 고개를 끄덕였다.

"그래."

그는 말했다.

"문제없다."
"문제?"
"고블린 놈들이 써도 대단치 않으니까."
—이거라면 고블린에게 빼앗겨도, 란 말이지.
모험가라면 돌격검이나 세검이 있으리라. 사슬 갑옷을 입은 고블린 한 마리쯤이야 별 거 아니다.
그가 그런 기준으로 장비를 고르고 있음을 노인이 눈치 못 챌 리 없었다.
그리고 모험가가 고블린에게 장비를 빼앗긴다는 것이 어떤 상황인지도 말이다.

§

"식량이다."
"네에, 며칠 분량인가요~?"
"일주일."
"알겠습니다~!"
수인 여급이 활기차게 달려가는 것을 무시하고, 그는 주위를 둘러보았다.
모험가 길드의 주점. 지금까지 식량을 살 때 말고는 제대로 들른 적이 없었다.
수인이 일하고 있는 것마저 지금 처음 깨달았을 정도다.
그러나 그래도 알 수 있을 정도로, 낮의 주점에는 어쩐지 나른한 분위기가 소용돌이치고 있었다.

띄엄띄엄 탁자를 둘러싸고 앉아 있는 모험가들은 휴일이거나 일찍 귀환을 한 것일까?

느긋하게 술을 마시고, 느긋하게 안주를 입으로 옮기는 모습에는 패기가 없었다.

그런 가운데, 한 명.

"……제엔자앙……. 어째서, 아아, 정말이지……!"

엎드려서 중얼중얼대는 모험가의 모습은 그도 기억하고 있었다.

그와 같은 날에 등록했고, 그 다음에 고블린 퇴치에서 마주쳤던 그 모험가다.

주위에 파티의 모습은 없었고, 그 모험가 자신도 상당히 취한 모양이다.

가게 안의 모험가들도 괜히 얽히지 않으려고 전혀 시선을 보내지 않았다.

그는 조금 생각하고, 결국 아무 말 없이 입을 다문 채 식량이 오는 것을 기다렸다.

누구나 가만 내버려두길 바랄 때가 있다는 것 정도는 그도 알고 있었다.

알고는 있지만—.

"이여어, 뭐야? 이제부터 모험이냐?"

기다리는 그의 맞은편에 털썩 앉는 사람이 있었다.

고개를 들어보니 늘씬하고 키가 큰 미장부였다. 가죽 갑옷을 입고, 등에는 창을 지고 있었다.

싱글싱글 웃는 모습은 친근함을 담았다기보다는 승리를 뽐내는 기색이 강했다.

"이번엔 뭐야? 자이언트 센티피드(거대 지네)? 구울?"

유적 탐색도 좋지. 그렇게 말하는 창잡이를 그는 가만히 보았다.

"고블린이다."

"뭐? 고블린?!"

담담한 대답을 듣더니 노골적으로 과장된 놀란 목소리.

눈을 홉뜨고 어깨를 으쓱거린 창잡이가 내가 가르쳐 주겠단 표정으로 입을 열었다.

"나는 요전에 광산에 나타난 블롭을 처리했는데 말이야."

"그런가."

"그래! 굉장하지!"

창잡이가 말했지만 그는 뭐가 뭔지 전혀 알 수가 없었다.

조금 생각하고, 분명히 고블린은 아닐 거라고 결론을 내렸다.

"굉장한 건가."

"굉장한 거야!"

"그런가."

그는 고개를 끄덕였다.

"굉장하군."

"뭐라고?!"

창잡이가 이번에는 파르르 떨리는 표정을 지으며 멱살이라도 잡을 기세로 몸을 내밀었다.

그는 또 조금 생각하고, 침묵하고, 철 투구를 천천히 기울였다.

"굉장한 게 아닌 건가?"

"아아 진짜! 젠장, 이 녀석 뭐야!!"

떠들썩한 남자였다. 소란스럽기도 했다.

창잡이는 짜증을 내며 소리를 치더니 기가 막힌단 기색으로 의자에 털썩 앉았다.

등받이에 기세 좋게 기대자 끼이익, 소리가 나며 삐걱거렸다.

승복하지 못하는 태도로 입술을 삐죽거린 창잡이는 그 자랑스러운 창을 들어 자루를 빙글빙글 돌리며 만지작거렸다.

그때 문득 날카로운 눈매가 가늘어지더니 그가 허리에 찬 가방을 가리켰다.

"야, 그건 뭐야?"

듣고 보니 그의 가방 입구에서 작은 병 하나가 튀어나와 있었다.

제대로 안 넣어서 그렇다. 부주의했다는 말 밖에 못하리라. 그는 낮게 혀를 찼다.

"스태미나 포션이다."

병을 다시 꺼내 가방 내용물을 정리하고 새삼 그것을 집어넣었다.

이걸로 떨어뜨릴 일은 없다.

"접수처에서 받았다."

"뭐라고오?!"

덜커덩, 곧장 창잡이가 기세 좋게 몸을 내밀었다. 목소리가 크다. 철 투구 안에서 마구 울렸다.

"젠장, 나도 역시 접수원 아가씨한테 어필을 해야 하나…… 블롭 퇴치!"

"블롭."
"그래, 살아있는 점액 덩어리야. 어디를 해치워야 할지 알 수가 없지. 그걸 이렇게, 창으로……."
"에, 이…… 그쯤에, 서…… 그만."
창잡이의 무용담을 가로막은 것은 육감적인 허리를 흔들며 의자 뒤로 다가선 미녀였다.
몸의 선이 드러나는 의상을 입고 모자를 쓴 마녀다.
"그렇지. 너도 말을 좀 해봐. 너도 블롭한테 엉겨서 지독한 꼴— 크악?!"
그녀는 묻지도 따지지도 않고 창잡이의 머리를 지팡이로 내리치더니, 몸부림치는 모습을 보고 한숨을 쉬었다.
"미안, 해."
"아니."
흘끔 곁눈질을 당한 그는 철 투구를 좌우로 흔들었다.
"문제없다."
"나중에…… 《스파이더 웹(거미줄)》 같은 걸, 로, 입 막, 을……테니까."
"그런가."
고개를 끄덕인 그는 문득 생각나서 동기 모험가를 보았다.
"저 녀석은?"
"아아……."
마녀가 긴 눈썹을 내리깔더니, 뭔가 탐하는 듯한 동작으로 윤기 있는 입술을 살짝 핥았다.
"한 사람, 잡아 먹, 히고. 그 애의, 유품, 전달하는, 데 한 사람.

그리고 한 사람, 은 팔 하나를…… 말이지.”

그래서 은퇴. 재미없다는 기색으로 중얼거린 마녀는 어디선가 곰방대를 꺼냈다.

우아한 손놀림으로 따닥. 손가락을 튕기듯 부싯돌을 때려서 불씨를 붙였다.

후우. 나른하게 숨을 내쉬자 달콤한 연기가 확 퍼졌다.

“나머지 한 사람. 흔히 있, 는 일. ……이잖아?”

“……그런가.”

“그런, 거야. ……그럼, 또, 봐.”

마녀가 손을 살랑 흔들고 창잡이의 목덜미를 붙잡았다.

창잡이는 뭐라고 불평을 흘려댔지만 그대로 질질 끌려가버렸다.

후위직치고는 힘이 센 건지, 아니면 창잡이가 어울려주고 있는 건지.

그는 조금 생각한 다음, 아무래도 좋은 일이라고 판단하여 그 생각을 머리 밖으로 내몰았다.

“기다리셨습니다~앗!!”

마침 주방 안쪽에서 수인 여급이 달려서 돌아왔다.

그녀는 품에 한 가득 끌어안은 보존식량 일곱 개를 탁상 위에 펼쳐놓았다.

그는 그것을 확인하고서 가방 안에 넣은 뒤, 대신 은화 몇 닢을 지갑에서 꺼내 놓았다.

“네, 감사합니다!”

그는 받은 식량으로 부풀어 오른 가방을 조금 조정하고 성큼성큼 걷기 시작했다.

문에 손을 대고서 돌아보자 동기 모험가가 멍하니 그를 올려다보고 있었다.

그는 잠시 동기 모험가를 본 다음, 문을 밀어 열고 밖으로 나섰다.

끼익끼익, 등 뒤에서 스윙 도어의 흔들리는 소리가 묘하게 귓가에 오래 머물렀다.

§

쏴아아, 쏴아아아. 키 작은 풀들이 여름 바람에 흔들려 파도처럼 소리를 냈다.

아무것도 없는, 그저 가도를 지나가고 있을 뿐인 어디든지 있을 법한 광야의 한 구역.

소치기 소녀는 지나치는 바람에 흩날리는 머리칼을 누르며 살짝 눈을 가늘게 떴다.

녹색 바다에 드러누워 있는 검디검게 불타고 남은 목재를 발견했기 때문이다.

“영차. 여기가 의뢰한 장소야, 아가씨.”

빌린 마차의 마부석에서 창을 옆구리에 낀 모험가가 말을 걸었다.

“네. ……고맙습니다.”

짐칸 위에서 꾸벅 고개를 숙이자 창잡이 옆에 있던 마법사가 희미하게 웃었다.

그렇게 나이 차이가 나는 것 같지는 않은데, 그녀가 두른 분위기는 대단히 여성스러웠다.

"그러, 면. 우리들, 은. 여기서…… 기다릴 테니, 까."

"네."

다시 한 번「고맙습니다」라고 반복한 다음, 소치기 소녀는 마차에서 뛰어 내렸다.

착지할 때 풀에 발이 걸려서 비틀거렸지만 금세 균형을 잡고 섰다.

"괜찮아?"

창잡이가 걱정해서 말을 걸었다.

"괜찮아요."

짧게 대답했다.

—낯익은 풍경, 일 텐데.

가도를 달리는 마차 안에서 본, 멀어지는 마을의 풍경.

같은 장소에서 같은 방향을 보고 있을 텐데.

—아무것도, 없어.

풀이 바람에 흔들리는 가운데, 소치기 소녀는 천천히 걷기 시작했다.

언제나 놀았던 길. 5년 전까지 매일 다녔던 길.

떠올리는 경치는 지금도 선명한데, 어째선지 눈에 보이는 풍경과 차이가 있었다.

그것은 현기증이 날 것 같은 감각이었다. 소치기 소녀의 발걸음은 붕 떠서 안정되지 못했다.

"……그, 게."

부스럭부스럭 수풀을 헤치며 소치기 소녀는 가야 할 장소를 향해 계속 걸었다.

거의 구분이 안 될 정도였지만, 주시하면 그곳만 약간 수풀이 적었다.

그것은 과거에 그곳에 길이 있었다는 흔적이다.

이윽고 도착한 곳은 역시나 아무것도 없이 펼쳐진 초원.

다만 풀에 묻히듯 지독하게 타 들어가 탄화된 기둥이 약간 보였다.

소치기 소녀는 그 네모난 수풀 속으로 살며시 발을 들였다.

신발 바닥에서 울리는 소리는 깨어져 부서진 바닥 돌의 흔적일까?

—어떻게 됐던 걸까?

아버지도, 어머니도.

좋아했던 옷. 소중히 여기던 인형. 언제나 잠들었던 침대. 그녀의 전용 식기.

이제 그곳에는 아무것도 없었다.

소치기 소녀는 멍하니 수풀의 중앙에 서서 사방을 둘러보았다. —둘러볼 수 있었다.

과거 여기에 마을이 있었다고 기억하는 자는 이제 없으리라.

그녀와, 삼촌과, **그**.

모든 것은 이제 과거의 일이다.

5년 만에 이렇다. 10년, 20년 지나면— 모든 것이 사라져버릴 게 틀림없었다.

—누구든지, 그때 잠깐은 소란을 피우지만.

소치기 소녀는 살짝 표정을 찡그리고 그것을 얼버무리듯 벌렁 드러누웠다.

등 뒤, 목덜미를 풀잎이 살살 쓰다듬는 감촉이 묘하게 간지러웠다.

멀리서 창잡이가 당황하여 소리를 질렀지만, 마녀가 짧게 말리는 소리가 들렸다.

올려다보는 하늘은 말도 안 될 정도로 파랗고, 구름의 하얀 색이 눈에 스며들었다.

"……그렇네."

언제까지고, 언제까지고. 계~속 소란을 피울 수는 없었다.

밥도 먹어야 한다. 일을 해야 한다. 웃고 싶고, 즐기고 싶다.

평범한 일이고— 그것을 보고 누군가 화를 내거나 바보 취급을 할 수는 없다.

하물며 비슷한 사건이 세상에 잔뜩 일어나니까.

눈이 부셔 젖어 드는 눈동자를 몇 번인가 깜빡이고, 눈길을 피하듯 팔을 눈가에 올려 뒤덮어 가렸다.

모든 것을 전부 내던지고 와아아, 소란을 피울 수 있다면 얼마나 편하고 기분이 좋을까?

—그런 짓은, 절대 못 하지만.

이렇게 햇살을 가리자 헛간 구석에 앉아 있던 그의 모습이 떠올랐다.

—못한단 말이지, 그런 일은.

그럼, 뭘 할 수 있을까?

무엇을 해줄 수 있을까?

그녀는 어떻게 할 수 있을까?

"……좋아."

소치기 소녀는 커다랗게 다리를 흔들어 기세를 이용해 일어섰다.

팡팡 엉덩이를 두드려서 풀과 흙을 떨쳐내고, 그 기세로 양 볼도 두드렸다.

기합을 넣고, 전환해서, 어쨌든지, 하자.

빠른 걸음으로 마차를 향해서 걷기 시작하자 이쪽을 깨달은 마녀가 모자챙에 손을 올렸다.

"이, 제 됐……어?"

"네."

소치기 소녀는 힘차게 고개를 끄덕이고 마차에 훌쩍 올라탔다.

끼익 희미하게 삐걱대는 마차 위에서, 그녀는 두 모험가에게 깊이 고개를 숙였다.

"죄송해요, 일부러……."

"뭐, 우리는 이게 일이니까."

창잡이 모험가는 그렇게 말하며 쾌활하게 웃었다.

"보수를 받으니까 제대로 해야지. 신경 쓰지 마."

"일—."

그의 그것도, 일이라서 그럴까? 그렇다면…….

—우선은, 정리부터 해야지.

주먹을 꾹 쥔 소치기 소녀를 마녀가 흐뭇한 표정으로 보더니 키득 웃었다.

"당신, 머리카락…… 자르는 편이 좋, 을지도."

"네?"

무심코 고개를 갸웃거리며 눈을 휩뜬 소치기 소녀. 그녀의 앞머리를 마녀의 하얀 손가락이 사락 쓰다듬었다.

"머리, 자르고. 눈도, 드러내고. 그러는 편, 이 귀여우……니, 까?"

—그럴, 까?

소치기 소녀는 앞머리를 손가락으로 집으며, 반신반의하여 고개를 갸웃거렸다.

창잡이가 외치자 마차가 덜컹덜컹 달리기 시작했다.

§

—마차에 탔어야 했나.

그는 보기 드물게 그런 생각을 하며 발길을 멈추었다.

해는 이미 하늘 길을 지나 기울기 시작했다.

가도에 쏟아지는 햇빛은 아직 꽤 많지만, 이제 곧 주위가 어둠에 휩싸일 거다.

야영할 것을 생각하면 이제 그만 준비를 해야 한다.

"……."

—출발이 너무 늦었군.

만약 아침 일찍 출발했다면 분명히 지금쯤 마을에 도착했을 것이 틀림없다.

보통 가도 근처에 여관 같은 것이 있는 법인데, 그건 행선지가 번영한 도시일 경우의 이야기다.

변경의 외딴 마을을 향해 나아가는 길에 그런 것은 없다.

밤새 걸어서 나아가면 마을에 도착하겠지만, 그 다음에 고블린과 싸울 것을 생각하면…….

그렇지만 생각해도 어쩔 수 없는 일이었다.

멈춰서 있어도 해는 떨어지기에, 행동할 뿐이다.

그는 가도 좌우에 펼쳐진 수풀을 돌아보고 목적한 것을 찾아 부스럭거리며 안으로 들어섰다.

그것은 과거에 있던 도시의 흔적이었다.

이 근처도 신화시대의 옛 전장이었는지, 아니면 멸망한 마을이 있었는지.

수풀 속에는 다 삭은 집들의 잔해가 초목에 묻히듯 잠들어 있었다.

그는 그 중에서 비교적 원형을 유지하고 있는 돌벽을 찾더니 힘차게 발로 걷어찼다.

몇 개의 벽이 무너져 버렸지만, 얼마 동안 그렇게 찾아보니 무너지지 않는 벽도 있었다.

—이거면 된다.

몇 번 두드려도 무너질 기색이 없기에, 그는 그렇게 정하고 수풀 위에 방수 천을 펼쳤다.

딱히 밤이슬 때문에 몸이 식어서 체력 회복이 어려워지게 만들 필요는 없다. 그런 짓은 낭비다.

그는 허리의 검을 뽑아서 도끼칼 대신 수풀을 베어 모닥불을 피울 공간을 만들었다.

그가 일으킨 불이 풀에 옮겨 붙어서, 연기에 휩싸여 죽는 것은 너무나 멍청한 일이다.

다음으로 장작을 확보한다. 이건 딱히 그리 어렵지 않다.

말라 있는 가지와 이파리를 모으기만 하면 되고, 생목밖에 없어도 열로 말리면서 넣으면 된다.

무너진 집의 석재를 모아 바람막이 불막이 부뚜막을 만들고 그 안에 장작을 넣었다.

이제는 불쏘시개용 마른 풀에 불을 붙여 안으로 넣으면, 그걸로 완성이다.

"……."

그러나 아직 곧장 점화시키지는 않는다.

올려다본 하늘의 색은 파랗고, 멀리 먹구름은 없다. 공기도 말라 있었다. 비는 안 내리겠지.

그렇다면 지붕은 준비하지 않아도 된다고 생각한 그는 돌 벽에 등을 맡긴 채 앉았다.

주위는 마치 모든 것이 죽은 것처럼 조용했다.

구름이 소리 없이 흐르고, 바람이 지나갈 때마다 사락사락 이파리끼리 스치는 소리가 났다.

그는 가방에서 물주머니를 끄집어내더니, 마개를 뽑아 한 모금, 두 모금 마셨다.

앉아 있기만 해도 묘하게 몸에서 힘이 빠지고, 눈꺼풀이 지독하게 무거웠다.

그러나 이대로 쉴 수는 없었다.

밤에 불을 피우지 않으면 짐승에게 물려 깨어나는 일도 생긴다.

그는 물주머니를 옆에 두고 가방에서 육포 한 조각을 꺼내 투구 틈으로 던져 넣었다.

딱딱한 고기를 씹을 때마다 소금기가 입 안에 퍼졌다.

턱을 움직여서 졸음이 달아나는 것을 기대했는데, 생각보다 맛이 나쁘지 않았다.

"……."

문득 포장된 꾸러미를 보니 낯익은 무늬의 소인이 찍혀 있었다. 목장 것이었다.

그는 묵묵히 육포를 씹고, 때때로 물을 마시고, 그늘에 앉은 채 움직이지 않았다.

여름으로 나아가는 햇살의 열기지만, 그래도 철 투구 안을 채우자 머리가 둔하고 아팠다. 더위 탓이다.

철 투구를 벗는다는 생각은 고블린에게 기습을 받을 가능성 앞에서 사라진다.

그리고 그는 해가 가라앉기를 끈기 있게 기다렸다.

이윽고 멀리 광야 너머에 붉은 저녁 해가 떨어지고, 대신 쌍둥이 달과 별들이 하늘로 솟았다.

타오르는 듯 붉은 달, 서늘할 정도로 차가운 녹색 달. 그는 노려보듯 그것을 올려다보았다.

별들을 선으로 이어 영웅의 그림을 만든다고 가르쳐준 것은 누나였던가?

—슬슬 때가 됐다.

그는 부싯돌을 때려서 불꽃을 튀기고 부뚜막에 불을 붙였다.

불이 날름날름 혀를 내밀 듯 붙어서 한 줄기 하얀 연기가 하늘로 똑바로 올라갔다.

"……."

짐승을 쫓아내기엔 좋겠지. 그러나 고블린은 어떨까? 올까? 올지도 모른다.

그놈들은 불을 두려워하지 않는다.

대부분의 생물이 불꽃을 두려워하기에 깨닫지 못했을 수도 있다.

실제로 왔다. 그것을 잊어선 안 된다.

그의 머릿속에서 누군가의 목소리가 메아리치는 것처럼 빙글빙글 맴돌았다.

목이 지독하게 말랐다. 가볍게 입술을 핥았지만 얼버무릴 수 없었다. 어차피 내일은 마을에 도착한다.

그는 물주머니에 손을 뻗어서 벌컥벌컥, 투구 가장자리로 물을 흘리며 내용물을 들이켰다.

안에 들어 있는 건 희석시킨 포도주다. 맛이나 술기운은 상관도 없었지만.

이윽고 그는 투구 안에서 한쪽 눈을 감고, 한쪽 눈을 뜬 채 밤의 어둠 속으로 시선을 향했다.

모닥불의 빛에 두 눈이 익숙해져서 밤눈이 어두워지는 것을 막기 위해서였다.

오른손에는 허리의 검을 움켜쥐고, 무릎을 끌어안아 금세 일어설 수 있는 자세를 유지했다.

어둠 속을 가만히 노려보고 있자니 불꽃의 빛에 춤추는 그림자가 흐릿하게 보이는 것 같았다.

"……!"

검을 뽑았다. 공중을 벤다. 휘두르고 숨을 내쉰 뒤, 칼집에 넣었다. 그리고 다시 뽑았다.

고블린의 머리를, 목을, 꿰뚫어 부순다. 꿰뚫어서, 부순다. 숨통을 끊는다. 확실하게.

그렇게 그는 동틀 녘까지 고블린이 오기를 기다렸다.

고블린은, 나타나지 않았다.

제6장 『7인도 안 되는 모험가』(솔로 어드벤처)

그 날은 바깥에 나가지 말라고 선생님이 말했지만, 그녀의 호기심은 선생님보다 강했다.

신전 외벽에 조금 무너진 곳이 있는데, 그 틈으로 바깥에 나갈 수 있는지 시험해볼 좋은 기회였다.

“영, 차…… 영차! 헤헹, 어떠냐.”

옷은 흙투성이가 됐지만, 신경 쓰지 않고 코를 비비며 아직 성장하지 못한 가슴을 내밀었다.

구멍 밖은 초원과 파란 하늘. 여름이 다가와서 눈부신 햇살이 눈을 찔렀다.

푸석푸석하게 여기저기 튀어 오른 긴 검은 머리칼의 소녀였다.

허리띠로 조이는 짧은 튜닉은 여기저기 바느질이 되어 있고 흙먼지로 지저분했다.

그녀는 옷을 툭툭 털어내더니 사이즈가 안 맞는 커다란 샌들을 끌며 달려갔다.

목적지는 바깥과 길로 이어진 마을 입구였다. 그 앞에 뭐가 있는지 그녀는 몰랐다.

—엇갈리게 되면 큰일이야!

샌들을 끌면서 울타리를 따라 달려가더니 빙글 돌아섰다. 아직 보이지 않는다.

안 늦었다—. 그녀는 가슴을 쓸어내리며 울타리 위에 훌쩍 앉았다.

흔들흔들 발가락에 샌들을 걸고서 다리를 흔들었다.

달아올라서 땀이 난 허벅지에 스치는 바람이 시원해서 기분 좋았다.

—나중에 시냇가에서 헤엄치는 것도 좋겠어.

그녀는 요즘 들어 선생님이 별로 밖에서 놀지 못하게 하는 것이 불만이었다.

애당초 잔소리가 많고 「노는 것보다 공부를 하렴」이 입버릇인 선생님이지만, 요즘은 더 심했다.

고블린이 나온다, 라고 했다.

선생님은 가까운 곳에 둥지가 있는지는 가르쳐주지 않았다. 선생님도 잘 모르는 것 같았다.

그거라면 그거대로 잘 모른다고 말을 해주면 좋을 텐데.

—아마도, 있다고 가르쳐주면 내가 찾으러 갈 거라고 생각하는 걸 거야.

아무리 그래도 혼자서 그럴 정도로 바보는 아니었다.

신전에 있는 친구들이 두세 명 정도는 더 참가를 해줘야지…….

"후아, 아아…… 아암……."

그렇게 아무것도 아닌 생각을 하는 동안 커다란 하품.

초여름의 햇살은 낮잠을 자기에도 참 좋다. 조금만 더 기다리고, 안 오면 자 버릴까?

"그치만……."

그저 놀다가 낮잠 자고 돌아가면 빠져나간 것을 두고 선생님이 굉장히 혼낼 거다.

그게 아니에요! 억지든 뭐든 변명할 수 있는 이유가 있어야지.

"작은 애들이 울어서 과일을 따왔다든가? 아니, 이건 요전에 써먹었네."

으~음. 두 손을 맞잡으며 낑낑거리고 있는데, 자세가 무너져서 빙그르 시야가 뒤로 돌아갔다.

"웃차."

작은 소리를 흘린 그녀는 양손을 확 펼쳐서 자세를 바로잡고 사뿐히 착지했다.

내가 한 거지만 훌륭한 착지라고 생각하여 얼굴에는 미소. 사원의 친구들 중에서 같은 걸 할 수 있는 애는 없었다.

간단하다고 생각하는데—. 그렇게 중얼거린 그녀의 눈동자가 문득 저쪽에서 검은 그림자를 포착했다.

길 너머에서 성큼성큼.

똑바로 이쪽을 향해 걸어오는 남자 한 명.

"여기가 고블린이 나오는 마을인가?"

"맞아~!"

기운차게 대답한 그녀는「우응?」하고 고개를 갸웃거렸다.

그녀는 그 남자의 모습을 위에서 아래까지 빤히 바라보고 신기한 기색으로 중얼거렸다.

"이상한 차림이네……."

"그런가."

지저분한 가죽 갑옷, 한쪽 뿔이 부러진 싸구려 철 투구. 허리에는

어중간한 길이의 검. 팔에는 작은 원형 방패.

그것이 열 살 소녀가 태어나서 처음으로 본 모험가의 모습이었다.

§

"바깥에 나가지 말라고 그렇게 말을 했죠!"

"그치만 모험가한테 길 안내를 하는 편이 좋을 것 같아서……."

"길을 잃을 정도의 마을인가요!"

머리를 꽁 얻어맞은 소녀의 울음소리가 사원에 웅웅 메아리치며 울렸다.

"방으로 돌아가세요."

풀이 죽어 고개를 끄덕인 소녀를 쫓아내고 원장은 어흠, 가볍게 헛기침을 했다.

"죄송합니다. 꼴사나운 모습을 보였어요……."

"아니다."

그는 고개를 옆으로 저었다.

"길 안내를 해줬다."

"그렇게 말씀을 해주시면 감사하죠. 정말로, 활발한 건 좋지만요."

원장은 약간 나이가 든 엄격한 생김새의 여성이었지만, 아이들을 보는 눈길은 부드러웠다.

풍차의 표식— 여행과 행운, 장사의 번성을 다스리는 교역신은 인연의 신이기도 했다.

그런 사원이 고아를 키우는 것은 당연한 일이지만, 그녀도 사원을 맡기에 부족함 없는 인물이리라.

"전쟁으로 부모를 잃고서도 기죽지 않고, 사원의 일을 도와주기도 해요."

"그런가."

"저 애들이, 또 괴물 놈들에게 내몰리도록 할 수는 없어요……."

"……."

그는 조금 생각한 다음, 천천히 철 투구를 세로로 흔들었다.

"그럴 셈이다."

원장은 그 대답을 과묵하지만 듬직하다고 받아들인 모양이다.

그러나 그것은 그렇다 치고. 의문이 떠올랐는지 그녀는 미소를 무너뜨리지 않고 작게 고개를 갸웃거렸다.

"그래서, 동료 분들은?"

"……."

대답이 없었다.

그는 우두커니 선 채, 입을 다물고 가만히 바로 앞을 보고 있었다.

아니, 보고 있는지 아닌지 알 수 없었다. 철 투구 안쪽을 살펴볼 수 없으니까.

"저기?"

원장이 의문스레 다시 한 번 말을 걸자, 그는 지금 깨달은 것처럼 철 투구를 움직였다.

"뭔가."

"아뇨, 저기, 동료 분들은…… 안 계신 걸까, 해서."

"없다."

"……? 나중에 오시는 건가요?"

"혼자다."

그 말에 원장이 흠칫 눈을 크게 뜨고 표정이 굳어졌다.

짧게 말한 그는 가방을 뒤져 지갑을 꺼내더니, 은화를 집어 원장에게 내밀었다.

"숙박비다. 그밖에 뭔가 도움 받을 일이 있을지도 모른다."

"어, 어머나. 고맙습니다!"

이런 부분은 길드에서도 명확하게 정해지지 않아 미묘한 것이었다.

의뢰인 측은 보수를 마련하니까 체재비용까지 부담해선 안 된다.

한편으로 모험가 측은 모험가 측대로, 의뢰를 받아 수행하는데 체재비를 부담해야 하는가?

보수에 포함하면 된다고 해도 그것은 기본적으로 성공 보수이니 선금은 들어오지 않는다.

반대로 보수에 포함되지 않고 의뢰인 측이 부담해야 한다면, 공짜밥을 먹고서 실패하는 모험가도 있다.

결국 옛날부터 내려오던 방식대로, 체재비는 의뢰인과 모험가 측의 교섭이란 형태로 자리 잡았다.

"실례하겠습니다."

그렇지만 그건 그거고, 여기는 교역신의 사원이었다.

신관직이라지만 이슬만 먹고 살 수는 없다. 하물며 아이들에게 이슬을 먹일 수는 없다.

원장은 익숙한 태도로 은화를 집어 들더니, 재빨리 테두리를 손가락으로 더듬었다.

그리고 원장은 「은혜에 감사를」 하면서 간단히 납득하고는 주머니에 화폐를 넣었다.

“죄송합니다. 요즘 들어 질 나쁜 돈이 많아서…….”

원장이 생글생글 애교 있는 표정으로 「벌 받을 짓이랍니다」라며 불평을 흘렸다.

“그래서.”

그는 낮고 담담한, 땅속에서 뿜어지는 듯한 목소리로 말했다.

“고블린은 어디 있나.”

§

그 마을은, 산자락의 작은 개척지였다.

열 몇 채의 작은 집이 어깨를 마주 댄 것처럼 모인, 어디든지 있을 법한 작은 마을.

유적의 기구를 이용하는 것도 아니고, 가도가 뻗어 있는 것도 아니다.

그저 농업과, 산에서 밭일을 하여 그날의 일당을 버는 작은 마을이다.

그 마을 안을 성큼성큼, 모험가가 홀로 걸어 다녔다.

마을 사람들은 기묘하고 괴이한 모험가의 모습을 멀찍이서 지켜보았다.

“어이, 모험가라는 게 저거여?”

“전사라고 하던디. 적어도 저 갑옷을 보면, 완전 초보는 아닌 것 같구만.”

“아니, 저거슨, 전쟁터에서 주워온 걸지도 모르제.”

“그래도, 혼자라지 않어? 보통 모험가는 대여섯 명 아니여?”

“실패나 안 하믄 좋겠구만…….”

“오히려, 그거 아녀? 우리들더러 싸우라고 하는 거 아니여?”

“말도 안 되제. 밭일도 있는데 그래서는 고용한 의미가 없잖에.”

“그라제.”

소근소근 속삭임이 오고 가는 대화에 그다지 호의적인 기색은 없었다.

뭐, 무리도 아니었다.

그들이 기대한 것은 신참이라 쳐도 전사부터 척후가 섞인 대여섯 명의 파티였다.

설마하니 이렇게 볼품없는 장비의 전사가 혼자 올 거라고 생각지도 못했다.

우선 마을을 둘러보고 싶다는 그를 따라다니는 것도 당연하달 수 있었다.

그가 문득 멈춰 선 것은 울타리로 둘러싸인 마을 주변을 한 바퀴 돈 다음이었다.

“북쪽은 산인가.”

조용히 중얼거렸다. 혼잣말인지 질문인지 알 수 없는 말에 마을 사람들이 움찔거렸다.

마을 사람들이 얼굴을 마주보고서 누구랄 것도 없이 「맞소」 하며 고개를 끄덕이자, 그는 잠시 입을 다물었다.

"고것이, 뭣이라도?"

결국 가장 가까이 있던 불우한 사람이 물어보자 그가 말을 이었다.

"경사는 어떤가."

"마, 말이 지날 수 있을 정도인디."

"동굴 같은 게 있나."

"잘 모르겄네만, 나무꾼이 있응께 한번 물어보는게 좋겄능가?"

"부탁하지."

그는 얼른 달려가는 마을 사람을 배웅하더니 「흠」 하고 낮은 소리를 냈다.

고블린이 어디서부터 공격해오는지 확실하지 않다고 했다.

밤마다 망을 보는 사람들 눈을 피해 울타리를 넘어 밭을 망쳐놓고는 도망친다.

도적이 아닌가? 하지만, 명백하게 사람과는 다른 발자국이 마을 사람들의 생각을 부정했다.

숫자도 마을 사람들 눈에는 그저 「잔뜩」일뿐 파악이 되지 않는다.

모험가 길드에 의뢰를 한 것은 당연한 흐름이었다.

"물어봤는디, **동굴**이나 유적 같은 건, 없다허구만."

"그런가."

잠시 뒤에 달려서 돌아온 마을 사람의 말에, 그는 깊숙하게 고개를 끄덕이며 결론을 내렸다.

"뜨내기로군."

어느 소굴에서 쫓겨난 녀석들이 다음 거처를 찾고 있는 것이다.

그걸 위한 식량. 그리고 심심풀이와 번식용 임신 주머니를 조달하는 장소로 이 마을을 택했다.

어쨌든 방치할 수는 없다. 그는 그걸 위해서 여기에 온 것이다.

"……미안하지만, 부탁이 있다."

"허어?"

"돈은 내겠다. 남아 있는 목재나 울타리 재료와 도구를 빌려주겠나."

그렇게 말한 그는 지갑에서 은화 몇 닢을 꺼내 마을 사람에게 던졌다.

"그건, 상관없는디……. 이 은화, 혹시 가생이 안 깎아냈당가?"

손가락으로 은화를 집어 살피는 마을 사람에게 그가 담담하게 말했다.

"길드에서 보수로 받은 것이다."

그러자 마을 사람은 「그럼 됐구만」이라며 간단히 납득하고, 누더기를 덧댄 주머니에 화폐를 넣었다.

은화 테두리를 깎아서 무게를 줄여 잔여물을 저축하는 건 흔한 **절약**이었다.

물론 화폐가치 자체가 떨어지기 때문에 위법이지만, 하는 사람은 끊이지 않는다.

만약 그가 모험가가 아닌 무뢰한이었다면 다소 다툼이 일었을지도 모른다.

그럼에도 기이한 눈으로 보는 것은 어쩔 수 없는 일이다.

돈을 벌러 온 모험가가 고블린 퇴치에 일부러 돈을 내다니!

"그라믄, 얼른 갖다 드리제."

"밤의 경비는 서고 있나?"

"젊은 녀석들헌티 시키고는 있소."

목재를 가지러 간 사람 대신 촌장으로 보이는 나이든 노인이 대답했다.

"그래도 전부는 아니요. 순서대로 시키는 건디……."

"계속 부탁하지. 고블린 놈들에게 상황이 바뀐 것을 깨닫지 못하게 하고 싶다."

아직도 어쩐지 불신의 색은 있었지만, 촌장은 「알겄소」라며 고개를 숙였다.

은화를 지불하기 전과 후를 비교하면 표정에 감돌던 긴장이 완전히 빠져나갔다.

제대로 돈을 지불해주는 상대란 것은 그만큼 신용을 얻는 법이다.

"준비를 갖춘다."

"준비?"

"그래."

고개를 끄덕이고, 그는 마을의 주변을 빙글 둘러보았다.

십중팔구, 고블린 놈들이 오는 것은 등 뒤의 산이리라 생각했다.

그건 그렇다 치고 주변 경계를 허술히 해서 좋을 이유가 없다.

밭은 주로 봄에 씨를 뿌리는 구역, 가을에 씨를 뿌리는 구역, 그리고 휴경지 셋으로 갈라진다.

봄에 뿌린 곳은 아직 싹이 나올까 말까 하지만, 가을에 씨를 뿌린 곳은 수확이 가깝다.

양배추, 순무, 콩, 보리 이삭이 흔들리는 것을 보니 고블린들이 노리는 것은 그것이었다.

또한 휴경지도 성가시다. 가축의 먹이가 되는 토끼풀만 있을 뿐이라 침입하기가 쉽다.

지금은 아직 채소만 피해를 입고 있지만, 이제 곧 가축, 그리고 마을 아가씨를 노리게 될 것은 확실했다.

시간 여유가 없다. 없을, 것이다.

"수확을 일찍 하는 건 가능한가?"

"고것은 할 수 있소."

촌장은 햇살에 그을리고 추레한 눈동자를 밭으로 돌리더니 눈부신 듯 몇 번인가 눈을 깜빡였다.

"지금부터 시작하믄, 다들 나서서 서두르믄 내일 낮에는 끝나겄소."

"그럼, 부탁하지."

그가 그렇게 말하자 촌장은 비쩍 마른 팔을 흔들며, 멀리 있는 마을 사람들에게 지시를 내렸다.

몇 명의 남녀가 황급히 헛간으로 달려가서 도구를 손에 들고 돌아와 밭으로 갔다.

논밭을 직접 소유한 농민인지, 마을에 있는 농노인지는 알 수 없었다.

그러나 마을 사람으로서는 수확 전에 빼앗기는 것보다, 다소 양이 적어도 수확하는 편이 좋다.

설령 농노라고 해도 대강 할 수는 없는 일이다.

"그리고."

그가 다음으로 눈길을 돌린 곳은 마을 옆을 흐르는 한 줄기 강이었다.

"강에서 물을 끌어오고 있겠지."

깊이도 대단치 않으니 아무리 고블린이 몸집이 작아도 방해가 되지는 못하리라.

그러나 문제는 강에서 마을로 이어지는 수로였다.

"수로의 수위를 높여 다오. 해자로 쓰고 싶다."

그가 그렇게 말하자 촌장은 흘끔 한쪽 눈썹을 올렸다.

"어린애가 빠져 죽을 정도의 깊이는 되는 것 같더군."

"흐음. 뭐, 사실 물의 권리를 가진 건 영주님이신디……."

그렇게 말한 촌장은 강을 따라 세워진 물레방아 오두막을 힐끔 보았다.

영주의 표식이 달린 그 건물 말고 제분이 가능한 시설은 마을에 없었다.

다시 말해서 강의 흐름도 영주의 것이기에 쓸 거면 세금을 내야 한다는 것이다.

세금도 내고 있으니 보호해줬으면 좋겠지만, 그러지도 못하는 것이 변경의 어려운 점이다.

고블린 따위에게 군을 움직일 수 있을 리도 없다.

만에 하나 움직인다고 해도, 병사를 모으는 데만도 며칠 걸릴지 모른다.

"……요전에, 비가 내렸소. 강에서 오는 물도 꽤 늘었제."

그러나 농민은 빈틈없는 법이다. 이런 식으로 영악하게 넘기며 살고 있었다.

그것을 그는 잘 알고 있었다. 그도 마을에서 태어난 사람이다. 여기가 아닌 마을에서.

휘청거리며 흔들리는 시야와 사고를 정돈하기 위해 투구 안쪽에서 눈을 감고 심호흡을 한 번.

내가 고블린이라면 어떻게 할까? 내가 고블린이라면 뭘 노릴까? 뭐가 꼴 보기 싫을까?

—남을 질투하면 고블린이 될 거야.

분명히 맞는 말이다.

"그리고, 축제 준비다."

"축제?"

"그래."

그는 고개를 끄덕였다.

"마음에 안 들지만, 오늘 밤까지는 놈들을 자유롭게 풀어둔다. 그러나, 내일 밤은 그렇게 안 된다."

그리고 낮게 으르렁거리며 그는 다시 한 번 마을을 빙 둘러보았다.

사방에서 쳐들어온다면 어떻게 하면 좋을까?

"……우선 말뚝이겠군."

해야 할 일은 참으로 많았다.

§

"좋아, 한다……아!"

볼을 짝 두드려서 기합을 넣고, 소치기 소녀는 기세 좋게 헛간 문을 열었다.

곧장 뭉게뭉게 피어오르는 먼지. 가볍게 기침을 하며 안으로 들어섰다.

휑한 실내. 하룻밤이라면 모를까, 여기서 계속 묵는 건 있을 수 없다.

"정말로, 있을 수 없어."

소치기 소녀는 허리에 손을 대고 기가 막힌 기색으로 숨을 내쉬었다.

짐다운 짐이 없는 것은 **그**가 몸 하나로 다니기 때문이리라.

갈아입을 옷은 어떻게 하고 있는 건지. 적당히 넘기고 있는 게 틀림없다.

—앞으로는 그렇게 간단히 못해.

일단 손수건으로 입가를 가리고 손에 든 빗자루로 쓰레기를 바깥에 쓸어내는 것부터.

그가 수선했기 때문인지 무너져가던 헛간은 제법 쓸만해 졌다.

"정말로, 참, 옛날부터, 언제나……!"

그래서 붕붕 다소 난폭하게 빗자루를 휘둘러도 무너질 염려는 없었다.

그렇다. —휘둘리고 있던 건지, 휘두르고 있던 건지.

어렸을 때는 언제나 함께였다는 생각이 들었다.

나이가 비슷한 애는 또 있었지만 역시 집이 옆집인 탓이리라.

들판을 뛰어다니기도 했고, 막대기를 휘두르며 모험 놀이도 했다.

그렇지만 산 너머에 뭐가 있는지, 도시가 어떤 장소인지는 알지 못했다.

—결국, 그 탓에 싸움을 했지.

빗자루로 쓰레기를 쓸어낸 다음은 걸레를 짜서 바닥을 닦는다.

"하다못해, 모포 정도는 가져다, 놔야겠……어."

그보다 방에서 자라고 하면서 화를 내는 게 좋을까?

"응, 그렇지. 맞아. 내가 정돈한 침대가 어디가 불만인데? 안 그래?"

그의 누나라면 분명히 허리에 손을 대고서 따끔하게 말했을 거다.

—누나 얘기를 꺼내는 건, 비겁하겠지.

그래서, 그건 안 된다. 그것만은 안 된다.

"후우, 그러면……."

바닥을 한 차례 쓱쓱 닦고 물동이에 길어온 물로 걸레를 짜냈다.

물은 금세 새까매졌다. 지저분하니까. 오래 방치한 탓일까?

"……."

이런 식으로 간단히 되지는 않으리라. —사람의 마음은 복잡하면서도 단순하고, 역시 복잡하다.

문득 긴장이 풀리자 이렇게 청소를 하는 것도 헛된 일이 아닐까 생각이 들었다.

그런 싫은 생각이 퐁퐁 머리에 떠올라서 터지니까, 싫었다.

"……아아, 정말. 청소. 청소해야지. 예쁜 방에 들어가면, 기분도 바뀔 거야."

소치기 소녀는 자신에게 들려주는 것처럼 말하고 다시 쓱쓱 바닥을 닦기 시작했다.

뚝뚝 방울져서 떨어지는 것이 눈에서 떨어지는 눈물인지 땀인지.

그것만은, 그녀도 알 수 없었다.

§

오오 여신이여 지모신이여
바람 잣는 신이 하는 말로는
당신의 가슴은 천금 같다던고
금을 양수(揚水)처럼 쏟아 부어도
올지 안 올지 당신 맘이라
나에게 금은 가진 게 없지만
여신 여신이여 나와주시오
황금 같은 바다로 나와 주시오

마을 사람들이 의기양양하게 노래를 부르면서 작물을 수확했다.

낫을 휘둘러 보리를 베고, 양배추를 따고, 순무를 뽑고, 콩을 집어 바구니에 넣는다.

본래보다 서두르고 있지만 일동의 얼굴에는 어쩐지 기쁜 표정이 떠올라 있었다.

가을에 씨를 뿌려 겨울을 나고, 이제야 얻을 수 있는 양식이니 그도 당연하다.

해를 신경 쓰고, 비를 신경 쓰고, 바람을 신경 쓰고, 흙을 만져서 정성 들여 키운 작물.

수확을 돈으로 바꾸어 세금을 내면 남는 액수는 분명 대단치 않으리라.

그렇지만, 낑낑대며 일하고 일해서 얻은 돈이다.

우글우글 솟아나온 고블린 놈들이 제멋대로 빼앗아 가면 참을 수 있겠는가?

나왔다 나왔다 지모신님이다
바람 잣는 신이 하는 말로는
당신의 엉덩인 세상 제일이라
금을 양수처럼 쏟아 부어도
여신이 반하지 않으면 오질 않으리
나한테 금은 가진 게 없지만
여신 여신의 시집가는 날
황금 같은 바다로 어서 나서세

보송보송한 햇살, 풀과 이파리를 흔드는 바람, 귀에 닿는 노래.
서서히 수위가 높아지는 용수로에 흐르는 물소리, 물레방아가 끼익끼익 도는 소리.
그것은 농촌에서만 들을 수 있는, 이 세상 것이라고 생각하기 어려운 온화한 악곡이기도 했다.
논두렁길에 앉아서 귀를 기울이면 얼마 지나지 않아 꾸벅꾸벅 졸게 되리라.
문득 멍하니 작업하던 손길을 멈춘 **그**는 황급히 나이프를 움직였다.
시간도 없는데 수면으로 낭비하는 건 있을 수 없는 일이다.
"……."
우선 말뚝을 만든다.

그렇게 선언한 그의 손에는 나무 말뚝과 작업용 나이프가 있었다.

약간 길고, 창을 닮았다. 목재의 양끝을 깎아서 날카롭고 뾰족하게 만든 간단한 것이었다.

그는 바닥에 앉아 무릎 위에 쌓인 부스러기를 떨쳐내고, 완성된 말뚝을 옆에 쌓았다.

“있지—. 이거는 왜 양쪽 끝을 깎는 거야?”

문득 귓가에 울린 목소리에 그는 철 투구 안에서 살짝 표정을 찌푸렸다.

옆을 흘끔 보니 아까 마을에 도착했을 때 그에게 마을 이름을 가르쳐준 조그만 여자애였다.

원장에게 크게 혼이 나서 울먹이고 있었건만 벌써 천연덕스레 웃는 표정이었다.

그는 조금 고민하더니 한쪽 뿔이 부러진 철 투구를 기울였다.

“안 도와도 되나?”

“내가 도울 것도 없다고 생각해.”

“그런가.”

묘하게 자신만만한 기색으로 가슴을 내미는 아이를 곁눈질하고, 그는 다음 말뚝을 깎기 시작했다.

그렇게 쓰윽쓰윽 나이프를 움직이는 동안에도 소녀는 이쪽을 가만히 보고 있었다.

“…….”

“…….”

“…….”

"……."

잠시 지나, 그는 한숨을 쉬고 말했다.

"용수로에 세울 거다."

"빼곡하게?"

"놈들이 건너기를 피할 정도로는."

약간 길쭉하며 양쪽 끝을 깎아낸 것은 용수로에 꽂아 놓기 위해서였다.

마을과 주변의 지형을 보니 울타리가 없는 부근— 다시 말해서 밭은 해자로 보강하는 것 말고 다른 수가 없었다.

"그보다도."

헤에에. 그는 감탄한 표정을 짓는 소녀에게서 철 투구를 돌렸다.

"원장이 찾고 있다."

"우엑."

말하자마자 소녀는 토끼처럼 달리기 시작했다.

그가 눈으로 쫓아도 시야 끄트머리에서 검은 머리칼만 살짝 흔들릴 정도다. 상당히 발이 빠르다.

나중에 허둥지둥 달려와서 숨을 헐떡이는 원장은, 아마도 따라잡지 못한다.

"아아, 정말로, 죄송합니다. 방해를 하지 말라고 그렇게나 말을 했는데도……."

"아니."

그는 고개를 옆으로 저었다.

"신경 쓰지는 않는다."

그는 또 하나 깎아낸 말뚝을 옆에 두고 무릎 위의 나무 부스러기를 떨쳐냈다.

기계적이며 의무적으로, 담담하게 하는 것을 의식하며 작업한다.

—일단 눈앞의 일만 해라. 나중 일을 신경 쓸 여유 따위 없지 않느냐?

그런 주제에, 생각하는 것을 관두지 말라고 그 레아 노인은 소리를 질러댔다.

지금 생각해 보면 그건 모두 그때그때 생각난 것에 지나지 않을지도 모른다.

"고블린의 정찰병이 있을지도 모른다. 평소처럼 움직여야 눈치를 못 챈다."

그러나 그는 배운 대로, 계속 생각하며 손을 움직였다.

"그런 건가요?"

"아마도."

원장이 하는 말에 대답하고 철 투구를 흔들었다.

그리고 그가 한 곳을 가리켰다. 마을 변두리에 있는 다소 커다란 돌 관 같은 건물이다.

"작물을 수납하는 건, 저 창고인가?"

"네. 돌로 만들었지만, 그렇게 어엿한 것은 아닙니다만……."

부끄러울 따름입니다. 원장의 말을 무시하고 그는 낮게 으르렁거렸다.

그렇다면 저기에는 절대로 고블린을 들여선 안 된다.

그리고 반대로, 고블린 놈들은 저기를 목표로 돌진할 것이 틀림없었다.

"……의뢰가 끝난 다음, 울타리와 말뚝 정리는 그쪽에 부탁해도 되겠나?"

"그건, 저희들이 해도 상관없습니다만……."

그는 완성된 말뚝을 한데 모아 옆구리에 끼더니 천천히 일어섰다.

"내가 도울 수 있을지 알 수 없다."

§

"네에, 록이터(암식괴충) 퇴치는 이쪽에서 접수하고 있어요!"

술렁술렁 사람들로 붐비는 길드의 소란에 지지 않도록, 접수원 아가씨는 있는 힘껏 목소리를 올렸다.

"이봐, 여기 부탁해."

"우리 파티도 간다."

"네에!"

손을 들고 접수처에 오는 모험가들에게 당황하며 허둥지둥 대응하고 서류를 처리했다.

통상 업무라면 모를까, 다수의 파티가 연합(얼라이언스)을 짜서 가는 안건은 처음이었다.

이렇게 거창한 일을 맡았으니 힘을 내야지, 하고 생각은 하는데.

—이거 익숙하지 않으면, 실수가 있으면 큰일이잖아요……!

"어, 저기—. 이쪽 서류에 사인을 받고, 끝나고 나면……."

"다음은 저거잖아. 다른 파티와 다퉜을 때 길드에서는 책임을 안

진다는 동의서."

"아, 그랬어요. 그랬어요. 죄송합니다!"

긴장으로 도무지 머리가 잘 안 돌아간다. 모험가의 도움을 받으면서도 도무지 모르겠다.

다수의 사람들이 얽힌 업무를 내가 해도 되는 건지 아닌지…….

―아니, 말할 여유도 별로 없지만요.

5년 전에 마신 중 하나가 토벌된 다음에도 세상에는 괴물들이 끊어진 적이 없었다.

듣자하니 이번 일의 시작은 광산의 채굴이었다고 한다.

새롭게 갱도를 깊게 만들려던 광부들이 검은 점액 덩어리와 마주쳤다.

블롭이라고 불리는 그 슬라임은 순식간에 증식하여 광부들을 쫓아냈다.

그것뿐이라면 흔한 이야기이고, 모험가들로서는 새로운 일거리가 생겼으니 기뻐해야 할 일이다.

다만, 이번에는 그걸로 그치지 않았다.

땅속에서 록이터가 뛰쳐나온 것이다.

자이언트 센티피드와 혼동되기 쉽지만 단순한 벌레하고는 차원이 다르다.

겉모습이 지네와 닮아서 괴충이라고 불리는 것뿐이지, 용이랑 도마뱀을 똑같이 보는 것과 마찬가지다.

돌을 먹고, 바위를 먹고, 땅속 깊숙한 곳에서 산의 바닥까지 구멍을 뚫어 버리는 거대한 괴물.

이 세상에 동굴이 수없이 많은 것은 록이터가 먹어 치웠기 때문이라는 말도 있다.

도시의 현자들은 부정하고 있다지만, 그런 전승이 계속 전해질 정도였다.

거대한 지네 같은 이 생물은 광석을 양식으로 삼기 때문에 그 존재는 광맥이 풍부하다는 증거이기도 했다.

그러나 그것이 블롭을 쫓아서 지표 가까운 영역까지 나왔다면.

바위를 먹는 괴물에게, 움직임이 둔한 점액과 고기 덩어리는 좋은 먹잇감이다.

조금 녹는 것 정도는 별 것도 아니리라.

하물며 조금 껍질이 들러붙어 있는 부드러운 고기 덩어리라면…….

―마음 상하네.

한순간, 모험가가 끊어진 사이에 접수원은 차가운 책상에 이마를 붙였다.

그대로 얼굴을 굴려 볼도 찰싹 붙였다. 조금 기분 좋았다.

"블롭 퇴치. 알선을, 하기는 했지만요……."

―그녀가 서류를 정리한 의뢰에서 누군가가 전멸하거나 죽어버린다는 것은.

하물며 이번에는 돌발적인 사태였다.

사전 조사에 관여하지 않은 이상, 접수원 자신에게 책임은 없는 것이지만.

"하우우……."

"아~ 아~ 익숙해졌다고 생각했더니 또 풀이 죽었어."

정신 차려. 동료가 격려하자 접수원은 「네」 하고 작게 고개를 끄덕였다.

"하지만 역시, 신경 쓰이지 않나요? 괜찮을까 하고."

"신경은 쓰이지만, 신경 쓴다고 어떻게 되는 것도 아니잖아~."

"그야 그렇지만요."

영차. 몸을 일으키고 펜을 집었지만, 서류를 볼 생각이 안 들었다.

손으로 펜을 빙글 돌리며 만지작거리는 그녀를 보고 동료가 아~하, 알겠다는 표정으로 웃었다.

"뭐야. 맘에 드는 모험가라도 생겼어?"

"그런 거 아니에요."

접수원이 그렇게 말하며 삐친 기색으로 볼을 부풀렸지만, 동료의 고양이 같은 웃음은 무너지지 않았다.

"뭐, 언젠가 얘기해줘. 그렇구나. 그런 거구나—."

"그러니까, 아니라니까요."

"어쨌든, 모험가에게 감정이입을 너무 하는 건 안 좋아. 일이야 일."

응원하는 것처럼 어깨를 두드리고, 역시 동료는 깔끔하게 자기 접수처로 돌아가 버렸다.

—그거야, 그렇긴 하지만요?

남겨진 접수원은 내심 같은 말을 한 번 반복한 다음, 재빨리 몸가짐을 정돈했다.

그렇다. 일은 일이다.

모험가를 배웅하는 이상, 언제든지 제대로 된 차림을 하고 있어야 한다—.

"접수원 아가씨."

"아, 와, 네, 네에!"

문득 부르는 소리를 듣고 접수원은 깜짝 놀라 튀어 오르며 돌아보았다.

우선 처음에 코를 찌른 것은 술 냄새였다.

그런 냄새의 모험가에게 좋은 추억이 없는 접수원은 표정을 찌푸리고, 덤으로 눈을 깜빡였다.

약간 흐트러진 복장에 마구 자란 수염, 움푹 패인 눈가에 기이하게 날카로운 눈매.

그것은 그, 지난번 록이터와 맨 처음 조우해서 동료를 잃은 젊은 전사였다.

"나도 간다."

젊은 전사는 놀랄 만큼 온화한 어조로 말했다.

"나도 갈 거야. 가게 해줘, 접수원 아가씨."

"저, 저기……."

접수원의 시선이 흔들렸다.

해야 할 말은 산더미처럼 있을 텐데, 뭘 말해야 좋을지 알 수 없었다.

그렇다면 아무 말 없이 승인을 해야 할까? 도저히 그럴 기분이 안 들었다.

의뢰 참가는 자유의사, 자기책임이다. 등급만 맞으면 문제없다.

분명히 이 모험가는 아직 제10위 백자 등급이었지만, 이번에는 모든 등급의 참가가 가능했다.

광산 하나를 점거한 록이터는 무시무시한 괴물이지만, 마신이나 용 정도는 아니니까.

그러나— 이 모험가는 지금, 솔로다. 파티가 없다.

"……괜찮으세요?"

"괜찮아."

"……."

흘끔. 접수원의 뇌리에 **그**의 모습이 떠올랐다.

지금쯤 혼자서 고블린을 상대로 싸우고 있을까?

그를 혼자 보내는 건 괜찮고, 이 모험가를 혼자 보내는 건 안 되는 건가?

사실은, 그도, 혼자 가지 말았으면 좋겠는데—.

"좋아. 이야기는 들었어."

그런 그녀의 갈등을 잘라내는 것처럼, 굵직한 목소리가 대화에 끼어들었다.

돌아보니 커다란 **대검**을 등에 진, 거한 중장 전사가 있었다.

"그러면, 내 파티의 임시 멤버로 하면 되지."

"……."

젊은 전사는 한순간 입술을 깨물더니 「미안하다」라고 작게 말했다.

중장 전사는 아무 말 없이 어깨를 으쓱거렸다. 그의 등 뒤에는 파티 동료인 모험가들이 기가 막힌다는 표정을 짓고 있었다.

"접수원 아가씨."

또 불리자, 접수원이 후우 숨을 내쉬었다.

모험가는 자기책임. 그거면 되지 않을까?

이쪽은 이쪽 일을 제대로 하고서, 그걸로 할 수 있는 일을 하면 된다.

"알겠어요. 부탁드릴게요."

그렇게 말하고, 그녀는 깊숙하게 고개를 숙였다.

§

—어쨌든, 마을의 방어를 강화하는 게 우선이다.

서서히 해가 떨어지고 하늘이 검붉게 물드는 가운데, 그는 묵묵히 작업을 계속했다.

저녁놀의 빛이 창을 통해 사원의 실내로 뛰어들어 수수한 석실을 채색했다.

볼품없는 철 투구도 저녁 해를 받으면 평소보다 더욱 기이한 분위기를 풍기는 법이다.

방을 들여다보던 소녀와 아이들이 꺄악, 비명을 지르더니 돌아올 기색이 없었다.

"……."

그는 사원의 빈 방에서 바닥에 늘어놓은 목재의 선별과 조합을 하고 있었다.

북쪽에 있는 산에서 채벌한지 얼마 안 된, 몇 개의 가는 통나무였다.

그것을 교차시키듯 늘어놓은 것을 보면— 이건 울타리다.

"…………흠."

그는 낮게 소리를 내며 지금까지 싸움에서 만났던 고블린의 체구를 떠올렸다.

어린아이 같은 체구였다. —홉을 제외하면.

그렇다면 울타리의 가로 막대와 세로 막대 간격을 얼마나 벌릴 건지가 문제였다.

제대로 정연하게 짜인 울타리는 견고한 것 같지만, 적이 타고 넘는 것도 생각해야 한다.

막대 간격을 벌려놓지 않으면 기어오르기 위한 손잡이와 발받침이 되어 버린다.

그러나 소귀— 고블린은 이름 그대로 몸집이 작은 괴물 놈들이다.

그저 가로 봉 폭을 넓히기만 해서는 그 사이를 쓱 빠져나갈 것이다.

"그렇다면."

당연히 세로 막대의 간격을 좁게 하면 된다.

그는 그 자리에 있는 목재를 조립해서 끼익끼익, 노끈으로 꽉 묶어 울타리를 만들고 숨을 내쉬었다.

하나 완성된 울타리는 옆으로 눕혀놓은 사다리 같은 멋없는 모습이었다.

그러나 이거라면 방어 울타리로서 충분하리라. 고블린이 들어오기는 어렵다.

—언젠가 목장에도 설치를 해야겠군.

문득 그런 생각이 떠올랐다. 그는 천천히 고개를 옆으로 저었다. 투구 안쪽에서 눈을 깜빡였다.

머리가 휘청거리고 관자놀이가 둔하게 아팠다. 생각해 보면 아침부터 계속 일하고 있었다.

그는 자신의 짐에서 물주머니를 꺼내 한 모금 두 모금 신중하게 마셨다.

말린 고기를 꺼내서 나이프로 잘게 잘라 투구 틈으로 밀어 넣었다.

약간 습기를 머금은 입 안에, 씹을 때마다 조금 싫을 정도로 소금기가 스며 나와 퍼졌다.

그는 벽에 등을 대고 눈을 감은 채 하염없이 말린 고기를 씹는 것만 의식했다.

혀가 대단히 아팠다. 소금 탓이리라. 그는 물주머니를 들이켜고 말린 고기와 함께 삼켰다.

그리고 천천히 일어섰다. 물주머니에 물을 보충하고, 야간 경비를 서야 한다.

고블린 놈들은 반드시 정찰병을 보낼 테니까.

사원을 나서자 능선 너머에 떨어져가는 저녁 해의 마지막 빛이 괜히 눈부셨다.

손을 들어 하늘을 살폈다. 저녁놀이 잘 보이는 다음 날은 날씨가 맑다고 누나가 말했다.

그러나 만약 검붉은 저녁놀이라면 얼마 안 가 비가 내린다고도, 누나는 가르쳐 주었다.

"비로군."

결전은 내일 밤. 비가 내리지 않는다면 좋다. 적어도 차라리 낮에 내리면 좋겠다.

그러나 내릴지도 모른다. 비가 내리면 어떻게 할까? 낙관시할 수는 없었다.

고블린은 어떻게 공격해올까? 그는 그렇게 생각하며 계속 걸었다.

머지않아 수위가 높아진 용수로에 도착하자 수확을 마친 농부들이 손을 씻고 있는 참이었다.

그는 모두에게 가볍게 인사를 하고 물주머니에 물을 담기 시작했다.

"수확은 어떻지?"

"일단, 얼추 괜찮은 편이여."

대답한 것은 오늘 아침에 목재를 가지러 갔던 그 농부였다.

농부는 햇살에 그을린 얼굴을 용수에 담그고 손수건으로 닦아내며 찡그리듯 웃음을 지었다.

"5년 전의 전쟁 때보다야, 훨씬 낫구마. 괴물 놈들이 밭을 망쳐뿔고 마을도 막 태우고 그랬응께……."

"그래."

그는 고개를 끄덕였다.

"나도 안다."

모험가잉께 말이제. 농부가 껄껄 웃더니 수로 옆에서 어영차 하며 앉았다.

그의 눈길은 옆에 서 있는 그가 아니라, 이제 지평선 너머로 저물어가는 저녁 해를 노려보고 있었다.

"……고 때는, 모험가가 온 마을만 안 탔제."

"……."

그는 조용히, 붉은 빛이 땅바닥에 끌리는 것을 바라보았다.

아무리 대지에 매달려봤자, 밤이 오면 빛은 무대에서 끌려 내려간다.

그렇게 되면, 이제 고블린 놈들의 시간이다. 놈들은 신이 나서 놀이판 위를 활보하리라.

"…………할 수 있는 만큼은 하지."

그 말만 하고서, 그는 천천히 밭으로 걷기 시작했다.

그날 밤, 그는 밭 너머에 흘끔거리며 보이는 도깨비불 같은 것을 눈치챘다.

창고 근처에 앉아 있던 그는 고블린의 습격이 온 건가 하여 몇 번이나 일어섰다.

결국 그 빛은 마을 사람들이 야간 경비를 서느라 들고 있던 불빛에 지나지 않았지만.

그는 그것이 고블린 놈들의 타오르는 눈동자인 것만 같았다.

지금 그는 고블린과 싸우고 있는 것인지, 그렇지 않은 건지.

한쪽 눈만 감고서 밤을 지내는 동안 그의 현실은 지독하게 탁하고 애매한 것으로 바뀌었다.

일어서서 주위를 둘러보고, 주저앉아 입을 다물고, 다시 일어선다.

그것을 1시간마다 반복하며 그는 계속해서 기다렸다.

고블린과 새벽 중에서 어느 쪽을 기다리는 건지 그 자신도 잘 모르고 있었다.

그리고 고블린 놈들보다 먼저, 새벽이 찾아왔다.

§

광산 입구에 모인 모험가의 수는 언뜻 봐도 40~50명을 넘고 있었다.

그렇다면 다시 말해서, 단순하게 셈해 봐도 열 이상의 파티가 여기에 모였다는 것이다.

연합치고는 제법 되는 규모다. 가장 등급이 높은 모험가가 기합을 넣는 것도 당연했다.

“좋았어. 잘 들어라. 적은 광산 깊숙한 곳에 있다! 그러니까, 갱도 사방에서 쳐들어가며 한쪽으로 몰아붙인다!”

은 등급의 모험가, 번쩍번쩍한 갑옷을 입은 그 남자는 대표자로서 마음껏 위세를 부리고 있었다.

수염을 멋드러지게 정돈하고, 허리에 돌격검을 차고 있는 모습이 무척이나 귀족풍이었다.

언뜻 보기에는 재미삼아 모험가 행세를 하는 귀족이지만, 지위와 명예만으로 등급을 얻을 수는 없다.

“얼추 대도시에서 시가전 같은 것만 했던 거 아냐?”

백자 등급 파티의 선발대로 분류된 창잡이가 투덜거렸다.

그렇지만, 은 등급의 리더는 괜찮다. 창잡이가 보기에 발놀림이 상당하다.

창잡이가 빙글 둘러보니 다른 백자 등급이나 흑요 등급은 아직도 한참 새내기란 꼴이었다.

물론 창잡이도 남 말은 할 수 없지만, 그래도 몇 번이고 전투를 헤쳐 나왔다.

고블린 퇴치보다도 멋있을 거란 생각에 첫 일로 이것을 고른 녀석들은…….

“……괴물 퇴치 할 수 있을래나? 하다못해 기름통 한둘 정도는 있으면 좋겠는데. 블롭이 있다며?”

“바보 자식, 이렇게 좁은 곳에서 이 많은 사람이 불 같은 걸 써봐라. 틀림없이 전멸이야.”

대검을 등에 진 중장 전사가 창잡이의 어깨를 두드렸다.

“그리고 의뢰인은 광산의 주인이다. 자칫 태워 먹었다간 못 써먹어.”

“그렇다고, 이렇게 우글우글 모여서 갈 일이야?”

“한두 사람의 탐색행이 아니야. ……주변을 보라고. 누구한테 도움을 받을지 모른다.”

“역시 파티의 리더를 맡은 녀석은 말을 잘하는구만.”

놀리지 마라. 중장 전사는 그렇게 말하며 표정을 찌푸리고, 자기 파티를 돌아보았다.

그곳에는 하프 엘프 경장 검사가 연소자 2인조를 챙기고 있었다.

“잘 들어요. 요전 고블린 퇴치하고 똑같이 하면 괜찮을 거예요.”

“그, 그래. 나도 알아.”

“주문은 되도록 절약하도록 해요. 블롭은 그렇다 쳐도, 록이터는 만만찮으니까요.”

“아, 알았어요.”

끄덕끄덕. 고지식하게 고개를 끄덕이는 소년 척후와 소녀 무술사가 흘끔 거리며 리더를 보고 있었다.

중장 전사는 고개를 끄덕여 주면서 웃었다.

대장이 자기들을 제대로 보고 있다는 걸 알면 안심하게 되는 법이다.

그래서 중장 전사는, 약간 긴장한 기색으로 장갑을 장비하고 있는 여기사에게도 말을 걸었다.

"그쪽은 괜찮냐?"

미튼 형태의 장갑을 단단히 낀 그녀는 긴 금발을 흩날리며 돌아보았다.

"괜찮아."

여기사는 표정을 긴장시키며 말했다.

"그보다도, 투구는 어디 있지?"

"아아, 쓰고 있는 편이 좋겠지. 야, 투구 써라. 머리 보호구."

"넵!"

소년 척후가 짐을 뒤져서 보호구를 꺼내고, 경장 검사가 고개를 끄덕이더니 가죽 모자를 썼다.

무술사가 챙이 넓은 모자를 고쳐 쓰는 것을 보고서, 중장 전사는 기가 막힌단 표정을 지으며 여기사 뒤로 돌아섰다.

"정말이지, 너도 너다. 왜 투구 쓰기 전에 장갑부터 끼는 건데?"

"시, 시끄러워. 조금 순서를 틀린 것뿐이잖아."

"매번 틀리면 어쩌냐? ……됐으니까 가만있어."

우음, 여기사는 다소 불복하는 기색으로 신음했지만 순순히 움직임을 멈추었다.

중장 전사는 투박한 손가락으로 그녀의 금발을 가볍게 한데 모으고 뒤통수에 머리핀으로 고정시켰다.

"너무 길면 방해 되지 않냐?"

"……여자의 소양이다. 미안하게 됐어."

그러냐. 한 마디 하고서 중장 전사는 짐 주머니에서 철 투구를 꺼내 던져줬다.

허둥거리며 받은 여기사가 뭐라고 불평을 흘리면서 투구를 쓰고 고정쇠를 내렸다.

중장 전사도 자기가 쓰려고 새로 마련한 투구를 쓰고 턱 끈을 묶었다. 이걸로 됐다.

그리고 그 젊은 신입 전사에게 말을 걸었다.

“그쪽은 어때? 괜찮겠어?”

“그래.”

젊다고 해도 중장 전사와 별 차이 없었다. 비슷한 열 대여섯 살쯤이리라.

연령을 얼버무린 두 사람과 달리, 중장 전사도 그에 대해서는 그렇게까지 걱정하지는 않았다.

실제로 가죽 갑옷과 검 상태를 확인하는 손놀림이 명백하게 익숙했다.

“몇 번 정도 모험을 한 모양이군.”

“일단, 고블린 퇴치를 했지.”

“고블린 퇴치라…….”

중장 전사는 노골적으로 표정을 찌푸렸다. 부끄러운 추억이 있으니까.

대화를 들은 여기사가 「이번에는 조심해」라며 야유를 했다.

그걸 들은 창잡이가 「뭐가?」라며 고개를 갸웃거리자, 그녀는 신이 나서 실수담을 떠들어댔다.

투구를 써서 알 수는 없었지만 분명히 히죽히죽 기분 나쁘게 웃고 있을 것이다.

"……그 뭔가 이상한 녀석이 안 보이는군."

중장 전사는 노골적으로 혀를 차면서 화제를 바꾸었다.

"응?"

"언제나 고블린 고블린 하는 녀석 있잖아."

"아아……."

젊은 전사는 자기 투구를 손에 집어 장착하면서 대단히 담담하게 말했다.

"아마, 고블린 퇴치라도 하러 간 거겠지."

§

마을 중앙에서 떠들썩한 소리와 음악이 뒤섞이고, 요리하는 연기와 냄새가 떠돌았다.

근원은 알 수 있으나 가는 곳은 보이지 않고, 정체는 알 수 있지만 모습은 보이지 않는 것— 스승이 낸 수수께끼였다.

그는 그런 축제의 소란에서 벗어나듯 짐을 안고서 걸었다.

길동무라고 해봐야 걷다 보면 흐려지는 축제의 소리와 냄새뿐이다.

초여름의 햇살은 타오르는 것 같았고, 짐은 어깨에 파고들어 한 걸음 한 걸음이 괜히 무겁다.

그렇지만 한 걸음은 한 걸음이다.

다리를 앞에 두고, 몸을 내밀고, 다음 다리를 다시 앞에 두고, 몸을 내민다.

한 걸음.

반복하면 서서히 앞으로 나아간다. 서서히 쌓이면 언젠가는 목적지에 도착한다.

시간도 체력도 유한하다지만, 계속 걸으면 닿지 못하는 장소가 없다는 것은 진리였다.

그는 이를 악물고 걸어서 마을 변두리까지 도달한 뒤에, 자신이 어디에 있는지를 깨달았다.

"……."

일단, 짐을 내렸다.

어제 마련한 방어 울타리를 짊어지고 왔다. 말할 것도 없이 이것을 둘러치는 게 목적이었다.

고블린의 키를 생각하면 그렇게 높을 필요는 없지만 그래도 꽤 양이 많다.

강에는 말뚝을 세워놨고, 강이 없는 장소에는 울타리를 친다. 도저히 축제에서 놀만한 여유가 없다.

—그리고 마을 사람들이 축제에서 놀지 않으면 곤란하다.

마을 사람들이 모두 나서서 방어에 매달리면 고블린 놈들이 이변을 깨닫는다.

그래서 괜한 지혜를 짜내면 오히려 위험해진다.

"……크, 음."

그래서 그는 혼신의 힘을 쥐어짜 작업에 매달렸다.

묵묵히 땀을 흘리면서, 울타리를 땅에 박고 끈으로 고정하며 다음 울타리로 이동한다.

울타리가 떨어지면 가지러 가고, 강이 나타나면 말뚝을 가지러 가고, 또 계속한다.

그는 이렇게 기계적으로 아무 생각도 않고 하염없이 손을 움직이는 것을 좋아했다.

생각하는 건 특기가 아니었다.

누나에게도, 스승에게도 잔뜩 들은 말이었다.

실제로 그 스스로도 자신이 어리석다는 것을 잘 알고 있었다.

—그러니까 계속 생각해라.

스승이 그렇게 소리쳤으니 그것에 맞설 생각은 안 들지만, 생각하는 것은 지치는 일이다.

이렇게 때때로, 하염없이 눈앞의 일에만 집중하면 되는 작업이 있다.

그것이 그는 참 좋았다.

지금은 그저, 울타리를 설치하는 것. 말뚝을 강에 세우는 것을 생각하면 된다.

—고블린.

그렇다. 고블린에게서 마을을 지키기 위해서다.

—고블린. ……고블린.

울타리를 하나 설치할 때마다 고블린을 한 마리 해치우는 것을 생각한다.

말뚝을 하나 강에 세울 때마다 고블린을 한 마리 해치우는 것을 생각한다.

그것은 백일몽 같은 망상이었다.

검을 휘두르고, 방패로 때리고, 목을 찢어내고, 연수를 파헤친다.

어떤 순서로 어떻게 죽일 것인가? 어떤 식으로 공격하고 어떻게 숨통을 끊을 것인가?

지금까지 몇 번 정도 싸움을 거쳐서 그도 충분하고 남을 정도로 배운 것이 있었다.

고블린은 약하다.

한 마리 한 마리는 아무런 위협도 못 된다.

마을 사람이 막대기 하나를 휘두르기만 해도, 쫓아내는 것도 죽이는 것도 가능하다.

문제는 그것을 얼마나 연속해서 계속할 수 있는가였다.

동굴에 들어간다. 적의 수는 열일까? 스물일까?

최소한 스무 번은 검을 휘둘러야 한다. 지구력이 필요하다.

그리고 무기.

달인이 일도일검에 집중한다면 모를까, 이쪽은 마구잡이로 휘둘러야 한다.

뼈를 끊으면 칼날이 나가고, 근육을 베면 피와 지방으로 칼날이 무뎌진다.

—어떻게 하지?

그는 문득 손을 멈추고 공중을 노려보았다. 대답은 없었다. 아무도 가르쳐주지 않는다.

곤봉을 쓸까? 아니, 그건 다루긴 편하지만 궁극적으로 때리는 것밖에 못 한다.

범용성을 생각하면—.

"아니."

그게 아니다. 그는 천천히 고개를 좌우로 저었다.

멀리서 축제 소리가 들린다. 문득 그리운 부름 소리가 들린 것 같았다.

하나 넣으면 에일 한 잔, 어린아이에겐 레모네이드 한 잔.

열심히 연습을 했었다.

그는 물건을 던지는 것이 특기였다. 누나와 그 애를 위해서, 괜히 더 노력하고 있었다.

"울타리다."

그는 중얼거렸다.

"울타리를 친다."

손을 돌려서 짐을 뒤지자, 짊어지고 온 울타리는 이미 모두 설치를 끝낸 뒤였다.

아니, 뿐만 아니라— 이제 마을을 한 바퀴 돌아온 모양이었다.

마지막에 설치한 울타리 옆에는 이미 울타리가 있고, 이제 둘을 연결하기만 기다리고 있었다.

울타리 너머에는 광야가 있고, 북쪽의 산이 보였다. 마을 사람 말로는 광산이 있었다.

그는 그 연결되지 않은 울타리를 아무렇게나 걷어찼다.

격자가 삐걱거리며 크게 느슨해지고, 주변에 약간의 틈이 생겼다.

"……."

그는 그것을 확인하고서 하늘을 올려다보았다. 이것을 고블린 놈들이 어떻게 생각할지는 명백했다.

해가 꽤 기울었다. 서쪽의 저녁놀은 심하게 흐렸고, 뇌전룡이 으르렁대는 소리가 들렸다.

아침부터 아무것도 안 먹은 것을 떠올리고, 그가 메마른 목에 물머니의 물을 쏟았다.

이어서 말린 고기를 꺼내 억지로 입 안에 집어넣었다. 씹어서 으깨고 삼켰다.

물을 마셔도 아직 마른 목이 찢어지는 것처럼 아팠지만, 덕분에 약간 의식이 선명해졌다.

그는 수풀 속에 수그려 앉더니 횃불을 꺼냈다.

호두껍질이나, 술을 부은 다음에 건조시킨 쥐와 소의 똥, 유황과 송진을 섞은 횃불이었다.

그는 그것을 안고서 저물어가는 태양이 완전히 떨어지기를 기다렸다.

그리고—.

제7장

클라이맥스 페이즈

『밤이 온다』

붉은 달이 솟았다. 그리고 녹색 달이 따랐다. 뒤늦게 먹구름이 휘몰아치고 뇌전룡이 짖었다.

새된 뇌명과 함께 창백한 빛이 밤하늘을 찢어내고, 빗줄기의 처음 한 방울이 대지에 빨려 들어갔다.

고블린 놈들에게는 모든 것이 하늘이 내린 은혜다. 혼돈의 가호다.

“GORRB! GOBROGBG!”

“GOORBGRGO!”

평소에는 비를 매도하는 주제에, 그들에게 유리할 때는 기뻐하는 것이 고블린 놈들이었다.

수풀 속에 몸을 숨기고 기회를 엿보던 고블린 놈들이 니글니글 웃으며 기어 나왔다.

수는 많다. 손에는 잡다하고 조잡한 무기를 들었고, 얼굴은 욕망이 가득해서 하나 같이 일그러져 있었다.

그들은 어디서 어떻게 배운 건지는 알 수 없지만 흄들의 습성을 이해하고 있었다.

흄들이 바보 같은 노래를 부르면서 야채를 베어내는 것은 한 곳에 모으는 전조다.

한 곳에 모으는 게 끝나면 놈들은 깔깔 웃으며 신이 나서 춤을 춰

댄다.

바보 같은 놈들이다. 고블린 놈들은 생각했다. 뭐가 그렇게 재미있을까? 수준 낮은 놈들이다.

그렇게 신이 난 놈들을 보면 고블린 놈들은 짜증이 솟아올랐다.

그들은 이런 식으로 들판에서 비를 맞으며 제대로 먹지도 못하는 생활을 하고 있건만.

그런데 놈들은 대단한 고생도 없이 저렇게 들떠서 떠들어대는 것이다.

고블린 놈들은 기본적으로 약탈로만 얻으려고 한다.

따라서 하나의 작물, 가축을 키우는 것에 드는 고생은 생각하지도 못한다.

고블린에게 모든 것은 그저 그곳에 짠, 하고 자연스레 나타나는 것이었다.

그렇다, 그들이 마음대로 해도 불만을 들을 이유는 없다. —아니지.

고블린은 이렇게 생각한다.

그곳에 있는 거니까, 그건 우리들 것이다. 오히려 흄 놈들이 끌어안고 있는 것이 부조리하지 않은가?

그래서 이날 밤도 그랬다.

"GROB! GROB!"

"GOROBG!!"

시기와 질투를 뿜어내면서, 그것을 흄들이 자신들을 내쫓았기 때문이니까 당연한 거라고 정당화한다.

고블린 놈들은 그저 욕망에 충실하게 우글우글 솟아 나와 마을을 향해서 나아가기 시작했다.

저기에는 먹을 것이 있다. 장난감도 있다. 여자도 있다.

잠자리를 찾을 때까지 시간을 때우기에는 딱 좋다.

고블린 놈들은 거처에서 쫓겨난 놈들이었다.

대단치 않은 기간, 그러나 고블린에게는 견디기 어려운 시간을 방황에 소비한 부족이었다.

쌓인 울분에 떠밀려 달리는 고블린 놈들. 지금은 모험가도 두려울 것 없었다.

"GOROBOG?!"

그러나, 그 앞길을 울타리가 막아섰다.

길게 눕힌 사다리 같은 울타리는 어제까지는 없었을 것이다.

정찰을 했던 고블린이 필사적으로 변명했지만, 얼빠진 그 놈이 못 봤거나 땡땡이를 친 것이다.

어느 쪽이든 고블린 놈들은 정찰병을 둘러싸고 움직이지 못할 때까지 곤봉으로 두들겨 팼다.

이것은 고블린이 늘 하는 일이고, 자기가 실수를 했을 때 같은 꼴을 당한다는 생각은 못 한다.

"GORBG! GOOBOGOR!!"

어떻게 기어 올라가려고 시도해봤지만, 가로 막대의 간격이 넓어서 고블린은 손이 닿지 않았다.

이윽고 고블린 놈들은 시끄럽게 소리를 치면서 울타리 주위를 빙글빙글 걷기 시작했다.

한 마리가 강에 울타리가 없는 것을 깨닫고 뛰어들었다가 말뚝에 박혀서 꼬치 신세가 되었으니, 물을 건너는 것은 단념했다.

물론 고블린 놈들은 멍청한 한 마리를 비웃기는 해도 감사 따위 하지 않는다.

오히려 **공격**해온 흄을 똑같이 꼬치로 만들어 주리라고 소리쳤다.

그렇게 분노와 집념을 태우던 고블린 놈들이 마을을 한 바퀴 돌았을 즈음.

이제 그만 울타리를 부숴 버릴까 생각하기 시작한 고블린이 우뚝 발을 멈추었다.

"GOROGORB……."

울타리 끝 부분, 그곳만 끈으로 묶어놓지 않았다.

고블린 놈들은 얼굴을 마주보며 소리죽여 웃었다. 이래서 흄은 멍청한 것이다.

울타리를 부숴서 일부러 알려줄 필요도 없으리라.

마을 안으로 들어가서 공격하고, 놀라는 놈들을 유린하면 된다.

고블린 놈들은 끼익끼익 문처럼 삐걱대는 울타리를 밀어내고 마을 안으로 들어섰다.

비는, 기세가 거세지고 있었다.

§

할 일은 했다.

할 수 있는 일은 했을 것이다.

—정말로?

그는 알 수 없었다.

아직 뭔가 더 할 수 있을지도 모른다. 뭔가 잊었을지도 모른다.

잘 되면 좋겠지만, 애당초 그런「되면 좋다」라는 것이 이상하다.

모든 책임은 그에게 있다. 모든 과정, 결말을 쥐고 있는 것은 그였다.

―도망치고 싶나?

진정해라. 심호흡을 한다. 진정해라. 심호흡을 다시 한 번.

모든 것은 그저 감정이었다.

현실이 아니다.

빗방울이 온몸을 가차 없이 때리고, 호흡이 입에서 하얗게 김을 뿜었다.

몸은 무겁고, 손가락은 굳어서 검의 자루에 달라붙은 것 같았다.

―할 수 있는지 없는지가 아니다.

하는 것이다.

그것이 현실이다.

안 그러면 죽는다.

현실이란 그것이다.

죽이면 놈들에게 죽지 않는다.

현실.

"……."

횃불에 불을 붙이고 수풀에서 일어선 그는 가까이 있는 고블린을 덮쳤다.

"GOROG?!"

돌아보는 것보다 빠르게 등을 방패로 때리고, 넘어진 놈의 연수에 검을 박아 파헤쳤다.

우선 한 마리.

"GOROOGOROG?!"

"GOBRG! GOORBG!"

철퍼덕. 고블린 놈들이 그제야 진흙탕물 속에 쓰러진 동포를 깨닫고 눈길을 돌렸다.

그는 횃불을 내던졌다. 빗속에서도 타오르는 불꽃이 서로의 모습을 어둠 속에서 드러냈다.

뿔이 부러진 철 투구, 지저분한 가죽 갑옷, 손에는 어중간한 길이의 장검, 팔에 고정시킨 작은 원형 방패.

—고블린은 몇 마리지.

열인가? 스물인가? 서른은 아니리라. 눈앞에는 다섯.

울타리를 넘어온 한 줄. 지금이라면 죽일 수 있다.

"GOROG!!"

"흥."

그는 뛰어들었다.

고블린이 내리친 곤봉을 왼쪽 방패로 막아내고, 허리 높이에 겨눈 검을 그대로 뻗었다.

칼날 끝이 턱 아래로 파고드는 것을 확인하고 비틀어서 가슴팍을 걷어차 뽑아냈다.

"GOBORGOGB?!"

"둘."

"GOBORG!"

왼쪽에서 뛰어든 고블린의 단검을 방패로 받아냈다. 둔탁한 소리가 나고 가죽에 칼날이 파고들었다.

그쪽을 그대로 두고, 뽑아낸 검으로 오른쪽 고블린을 대각선으로 때렸다.

"GORRROBGOGORG?!"

"셋…… 아니."

얕다. 혀를 한 번 찼다. 곧장 몸을 비틀어 방패에서 단검을 뽑으려는 고블린의 배를 찔렀다.

"GOGGROGB?!"

탁한 비명. 내장이 흩어진 고블린이 흘러나오는 내장을 누르며 넘어졌다.

살아는 있다. 그러나 치명상. 일단 방치해도 좋다.

"……셋, 이걸로 넷……!"

"GORORG?!"

그리고 가슴팍에서 피를 흘리며 주섬주섬 일어선 고블린에게 상단에서 일격.

두개골에 칼날이 파묻히는 둔한 소리가 나고, 고블린은 뇌수를 흘리며 뒤로 쓰러졌다.

그대로 검을 놓칠뻔했지만 시체를 걷어차 뽑아냈다.

칼날은 이미 나가 있었다. 그는 거듭해서 혀를 찼다. 비는 지독하게 차갑고, 몸이 삐걱거리며 아프다.

"……다음!"

마을 주변을 둘러쌌다. 그런 다음 한 군데에만 빈틈을 **찾도록 했다.**

축제 다음이라면 확실하게 온다. 발견한 입구로 고블린 놈들이 밀려들어온다.

그렇다면 그곳에서 맞서 싸운다.

"GORRRG!"

"GROBRG! GGORG!"

어둠 속에서 고블린 놈들의 도깨비불 같은 눈동자가 하나, 둘 다가왔다.

"……고블린 놈들은."

그는 담담하게, 기이할 만큼 낮은 목소리로 말했다.

듣는 자가 있다면 마치 땅 속 깊은 곳에 부는 바람 같다고 생각하리라.

"몰살시킨다."

§

"온다아앗!!"

블롭 놈들이 록이터 탓에 거처에서 쫓겨났다면, 블롭이 없는 곳으로 가면 된다.

은 등급의 리더가 내린 지시는 실로 적절하다고 하지 않을 수 없었다.

척후 한 사람이 문득 지진을 느끼고 멈춰 서서 경보를 외친 순간, 그의 머리가 사라졌다.

호두를 깨는 것처럼 메마른 소리와 함께 암벽에서 튀어나온 턱이 뜯어낸 것이다.

“CEEEEEENNTI!!”

광산 안을 커다란 턱으로 파헤치는 괴물은 끼릭끼릭 턱을 움직이며 모험가 앞에 머리를 늘어뜨렸다.

그 앞에서 머리가 사라진 척후가 부들부들 온몸을 경련하며 무릎을 꿇었다.

뒤늦게 피가 분수처럼 뿜어져 나와 모험가들이 당황하며 물러섰다.

“우, 우와아아……앗.”

“……나, 나왔다.”

“보면 알아!”

맨 먼저 소리치며 무기를 겨눈 것은 창잡이였다.

그는 장비에 상처 하나 없는 모험가 무리를 밀어내고 가장 앞줄에 진을 쳤다.

이름 높은 괴물과 싸우는 것이다. 무훈을 꿈꾸는 자의 표정도 과연 굳어 있었다.

산을 일곱 번 휘감는다는 거야 전설이겠지만, 머리와 몇 마디가 이 정도라면 전체 길이가 50미터는 넘는다.

이래서는 거인 같은 것을 상대하는 것과 별 차이도 없잖아.

“절대로 백자가 할 일 아니잖아…… 야!”

“그래! 《사지타(화살)…… 케르타(필중)…… 라디우스(사출)》!”

그 옆에 딱 붙어 선 마녀의 모습.

이마에 땀을 맺으며, 그녀의 요염한 입술이 진정으로 힘 있는 말을 자아냈다.

지팡이 끝에서 날아간 《매직 미사일(힘의 화살)》이 록이터에게 쏟아져 내렸다. 그러나.

"CEENNTTTTTTTII!!"

마치 빗방울을 떨쳐내는 것처럼, 록이터는 태연하게 갑각으로 화살을 튕겨냈다.

그러나 타격이 없어도 짜증스러웠던 것은 틀림없었던 모양이다.

끼릭끼릭 부딪치며 소리가 울리는 턱을 커다랗게 벌리고, 록이터가 단숨에 마녀를 향해서 날아들었다.

"위험해!"

"윽, 꺄……!"

창잡이가 굳이 행동하지 않고 대비하고 있던 것이 다행이었다.

마녀를 끌어안고 옆으로 뛰어 회피. 이빨을 간발의 차이로 피해냈다.

록이터는 그대로 땅바닥에 박히더니 자잘한 수족을 꿈틀거리며 땅속 깊이 잠행했다.

도망쳐주면 좋겠지만, 땅울림이 다음 기습의 준비 기간이라고 알려주었다.

"……미안, 해."

"신경 쓰지마. ―그리고, 이건 섣불리 못 움직이겠는데!"

힘이 빠져서 움직이지 못하고 주저앉는 마녀를 감싸면서, 창잡이도 몸을 숙였다.

다음번 공격은 어디서 그 커다란 턱이 튀어나올지 모른다.

바로 아래에 있다면 그야말로 치명타(크리티컬 히트)를 맞아 안녕이다.

"이건 주문으로 밀어붙이는 것도 무리겠군……."

등뒤에서 **대검**을 뽑은 중장 전사가 냉정하게 주위를 둘러보았다.

좁은 갱도에 열 몇 명의 모험가. 어디서 올지도 모르는 커다란 턱의 공포.

—까딱하면 일망타진 당할 수도 있다.

"술법은 보조 우선. 물리 공격으로 때려죽인다! 어이. 경장인 녀석은 물러나고, 본대에 전령!"

"그, 그래!"

"그리고 원거리 무기 가진 녀석은 남아서—."

"우와아아?!"

중장 전사의 지시를 가로막으며 여자의 비명이 들렸다.

돌아보니 활잡이 한 명이 얼굴에 점액 덩어리가 붙은 채 몸부림치고 있었다.

검은 타르 같은 그것이 꿈틀거릴 때마다 쉬이이이 연기가 올라오고, 살이 타오르는 냄새가 떠돌았다.

"아, 아아, 아, 아앗?! 사, 사려, 사려줘어어?!"

여자는 탁한 비명을 지르고 목덜미를 긁어대더니 그대로 바닥을 구르며 괴로워했다.

그녀의 파티가 산에 대응하는 약액과 무구로 떼어내려 했다.

그러나, 산 채로 얼굴이 녹아 블롭에게 먹힌 것이다.

—이제 구해낼 수 없으리라.

"블롭?!"

"마주쳐 버렸군……!"

저런 점균 계통은 언제나 머리 위에서 기습을 한다.

여기사가 표정을 찌푸리면서 빛나는 검— 《홀리 라이트(성스러운 빛)》를 머리 위로 향했다.

그곳에는 천장에서 꿈틀거리는 점액 덩어리가 가는 샛길에서 한가득 나오는 참이었다.

“이런 곳에 갱도는 없었을 텐데……!”

굳어진 여기사의 목소리에 중장 전사가 소리쳤다.

“어딘가의 바보가 파낸 거겠지!”

고블린 같은 뭔가가 살 법한 지저분하고 좁은 샛길.

이쪽에서 공격하는 것은 무리— 구멍을 막거나 정리해야 한다. 그러나 시간이 없다.

꾸물거리고 있으면 록이터에게 한꺼번에 잡아먹힌다.

“이건…….”

하프 엘프 경장 검사가 표정을 찌푸렸다.

“반대일지도 몰라요.”

“뭐야? 반대?”

“록이터에게 쫓겨나서, 블롭이 나온 게 아니란 거죠.”

방심하지 않고 경계하며 하프 엘프 경장 검사가 고개를 끄덕였다.

“우리들이 록이터가 지나는 길에서 금을 발견했다. 그래서 블롭은 그곳에 모이는 먹잇감을 노렸다…….”

“그러니까 공생하고 있단…….”

소녀 무술사의 표정이 굳어졌다.

“우리들이, 먹이인가요?!”

“에잇, 그런 영문 모를 건 나중이다!”

여기사가 외치고, 신앙의 증거로 의지하는 십자검을 들었다.

“먹히기 전에 때려죽인다!”

“이렇게 뇌까지 근육인 녀석이 정말로 성기사 님이 될 수 있는 거냐, 으아!”

중장 전사가 대검의 옆면을 써서 블롭 한 마리를 때려 뭉개고 동료들을 돌아보았다.

“이래서는 본대랑 합류하는 건 무리다. 어이, 인챈트를 해줘!”

“네, 네!”

“이쪽도 부탁해!”

“그래, 그, 래…….”

소녀 무술사가 긴장된 표정으로 기도를 하고, 마녀가 지팡이를 받치며 주문을 자아냈다.

곧장 중장 전사의 대검이 붉디붉게 타오르기 시작하고, 창잡이의 장창에 마력의 빛이 깃들었다.

“《심판을 다스리는 나의 신이여, 내 검이 선행을 심판하지 않도록 지켜보소서》!”

여기사도 지고신에게 기적을 탄원하여 자신의 무기에 《블레스(축복)》를 걸었다.

땅울림이 심하고, 블롭이 꿈틀대고, 천장에서 자갈이 우박처럼 쏟아져 내렸다.

“어이, 다른 녀석들은 블롭을 쳐라! 이쪽으로 접근시키면 안 된다!”

“알았다! 부탁한다!”

중장 전사의 지시를 받고 주위의 모험가가 황급히 진을 다시 짰다. 그 가운데에서.

—언제든지 와라. ……쳐죽여 주겠어.

그 젊은 전사가 홀로, 검을 겨누며 정신을 갈고 닦고 있었다.

그래서 그는 머리 위에서 불길한 진동이 느껴지는 것보다 빨리, 하늘을 올려다보며 검을 들었다.

"거, 기냐아아!!"

천장이 무너진다. 바위가 쏟아져 내린다. 거대한 턱이 닥쳐온다. 저 턱에 그 아이가 씹혀서 부서졌다.

—이 녀석의 내장에, 그 아이의 몸이 남아 있어!

그렇게 생각하자 전사의 머릿속에 새하얀 빛이 파앗 폭발하는 것 같았다.

거의 자폭이나 마찬가지. 송곳니가 팔에 파고드는 것도 신경 쓰지 않고, 전사는 강철의 검을 양손으로 찔러 올렸다.

괴충의 목 깊숙한 곳에 자루까지 박히라고 혼신의 힘을 담아서 칼날을 뻗어내고, 뜨거운 액체를 머리부터 뒤집어썼다.

그걸로, 실이 뚝 끊어진 것처럼 전사의 의식은 암흑 속으로 가라앉았다.

§

한순간 의식이 끊어진 것은 투석을 맞았기 때문이다. 그는 넘어지면서 깨달았다.

얼굴부터 오수에 처박히고 면갑 틈으로 스며든 빗물에 빠졌다.
아무리 고블린의 힘이라고는 하지만 투구가 없었다면 위험했을지도 모른다.
일어서려고 양팔을 짚었을 때, 등 뒤에 강렬한 충격을 받아 숨이 막혔다.
곤봉의 일격이다.
이해하는 것보다 빠르게 다시 일격, 다시 일격, 일격, 일격.
도끼라도 섞여 있는지 가죽 갑옷과 사슬 갑옷이 터지고 근육과 뼈가 찢어지는 아픔.
거의 타들어가는 것만 같은 고통에 그는 욕설을 내뱉었다. 욕설은 쇠비린내 같은 맛이었다.
"GOROGR!!"
"GRRB! GOOROGRB!!"
고블린 놈들이 웃었다.
얼빠진 모험가를 비웃으며, 유린하는 것을 기뻐하고, 그리고 분명히 금세 마을로 밀려들 것이다.
그 다음에 무슨 일이 일어나는지.
—결코 여기서 움직이면 안 돼.
그는 진흙에 손을 짚었다. 뼈가 삐걱댄다. 무릎을 굽혔다. 숨을 헐떡였다. 무거운 몸을 일으켰다.
"GOOBRGBOG!!"
이번에는 턱 아래에 강렬한 일격. 곤봉으로 얻어맞은 그는 땅을 굴러 드러누웠다.

빗방울이 면갑을 넘어 얼굴에 떨어졌다. 온몸이 흠뻑 젖어서 지독하게 추웠다.

한순간 눈을 감았다. 진흙놀이를 하면 누나한테 혼난다. 눈을 떴다. 머리가 확 위로 올라갔다.

고블린이 투구의 뿔을 잡은 것이다.

무릎을 짚은 자세로 몸이 일으켜진 그의 시야에 한가득, 저질스런 고블린의 추악한 웃음이 퍼졌다.

그는 어떻게든 검을 쥐려고 손을 움직였다.

진흙 안에 있던 검은 휘두르는 동안에 부러져 버린 모양이다.

칼자루밖에 남지 않은 모양이라, 그는 그대로 검을 놓았다.

"……."

발치에서 진흙이 튀었다. 고블린이 비웃었다. 키들키들 웃는 소리가 투구 안에 웅웅 울려 퍼졌다.

그는 올라가는 곤봉을 그저 멍하게 보았다.

앞으로 얼마 지나지 않아, 저 곤봉을 내리쳐서 투구가 부서지고, 두개골이 깨지고, 뇌가 으깨진다.

한 방으로는 무리라도 두 방이나, 세 방이라면.

죽는다.

그날 밤이 따라잡아온 거라고 생각했다.

스승은 주마등 따위가 있어서 쓰겠냐고 말했다.

뭘 어떻게 할지는 아슬아슬할 때까지 생각하라고.

뭘 어떻게 한다?

그는 조용히 눈길을 내렸다.

누나가 어떻게 됐는지 그는 알고 있었다.
그것을 그가 묵묵히 보고 있었던 것도.
마을에 간 고블린이 무엇을 하는지, 그는 알고 있었다.
도시에 간 고블린이 무엇을 하는지도, 그는 알고 있었다.
몇 명의 얼굴이 떠올랐다. 그 아이. 목장의 주인. 길드의 접수원, 모험가.
—알게 뭐냐.
그는 커다랗게 숨을 들이쉬고, 내쉬었다.
내가 없다면, 이라고 생각하는 것은 오만하기 짝이 없는 짓이다.
마을이 하나 멸망해도 세상은 돌아간다. 사람이 한 명 죽어도 세상은 돌아간다. 주사위는 던져진다.
그래서 그는 눈앞의 일에 의식을 집중했다.
앞에 선 고블린은 곤봉을 쥐고 있었다. 뿔을 쥐고 있는 것은 등 뒤의 고블린이다.
양손은 자유롭다. 철 투구 아래서 눈을 움직였다. 눈앞의 고블린이 곤봉을 쥐고 있었다.
그럼 뒤쪽 고블린은? 투구는 움직이지 않는다. 시선만 보낸다.
고블린의 허리띠에 단도가 끼워져 있는 게 보였다.
독수리 머리 모양 손잡이의 단도. 기억에 있었다. 칼집은 없었다.
—알게 뭐냐.
그의 오른손이 번뜩였다.
"GBOR?!"
독수리 머리의 부리에 손가락을 걸어 허리띠에서 단도를 뽑아내,

8 Shingo Adachi

역수로 쥐고 휘둘렀다.

그뿐이었다.

그러나 고블린은 어깨에서 척수가 끊어지는 각도로 단도가 박히면, 그것만으로 죽는다.

"GOROBOGOROBOG?!"

지금 막 곤봉을 휘두르려던 고블린이 그대로 뒤로 쓰러졌다.

상처에서 뿜어져 나온 피가 피이이이, 피리 같은 소리를 내면서 비와 섞여 그에게 쏟아져 내렸다.

뒤에서 그의 투구 뿔을 잡고 있던 고블린이 뭐라고 소리쳤다.

—알게 뭐냐.

그의 오른손은 이미 단도를 놓고, 죽은 고블린의 손에서 곤봉을 빼앗고 있었다.

그것을 자신의 어깨를 내리치는 것처럼 휘두르자 고블린의 팔뼈가 으깨지는 소리가 났다.

"GBOGROB?!"

귀에 거슬리는 비명이었다. 팔을 억누르며 뒤집히는 고블린. 투구의 뿔이 콰직 부러지고, 떨어졌다.

—알게 뭐냐.

그는 돌아보면서 고블린의 머리에 곤봉을 내리쳤다.

두피는 생각보다 부드러워서 곤봉과 뭉개진 두개골을 감싸는 것처럼 푹 파였다.

그는 눈알이 튀어나온 채 쓰러진 고블린의 시체에서 거침없이 손도끼를 낚아챘다.

아까 이 손도끼가 파고든 탓이리라. 등 뒤가 심하게 욱신거리며 아팠다.

—알게 뭐냐.

그는 손도끼를 있는 힘껏 들어서 주저 없이 그것을 던졌다.

도끼는 공중에서 빙글 회전하여, 느긋하게 보고 있던 고블린의 머리에 맞았다.

아까 돌을 던진 놈이다. 레모네이드를 얻는 것보다 간단하다고 생각했다.

입 안의 끈적한 것을 억지로 삼키고, 그는 부르짖었다.

"이걸로 ……열에, 셋……!"

가방에 손을 넣어서 병을 꺼냈다. 스태미나 포션. 마개를 뽑아서 단숨에 들이켰다.

목 안쪽을 태우는 듯한 쓴 맛이 그대로 위장에 흘러들어갔다.

금세 온몸이 포근하고 따스해졌다. 상처가 치유된 것은 아니다. 그러나 감각은 돌아왔다.

그렇다면 죽지 않았다는 것이다. 문제는 없다.

내던진 병이 진흙에 묻히더니 머지않아 물에 잠겨 안 보이게 됐다.

"나머지는……."

쏴아아아 비가 내린다. 바람이 휭휭 분다.

그 먹으로 칠한 것 같은 밤의 너머에 제3진으로 보이는 도깨비불이 흔들렸다.

그는 고블린 놈들의 시체를 발끝으로 차서 굴리고, 적당한 검을 찾아 허리띠에서 뽑아냈다.

칼집에 넣으려고 하다가 자신의 칼집에 맞지 않는 것을 깨닫고, 하는 수 없이 손에 쥐었다.

정말이지. 지금까지 뭘 고민한 것일까?

무기고가 멋대로 걸어오는데 말이다.

"열넷……!"

한 마리가 울타리 틈에서 마을로 들어오려는 참에 그가 뛰어들었다.

"GOORBGRB?!"

목이 꿰뚫린 고블린이 부글부글 피거품을 뿜으면서 검이 파묻힌 채 숨이 끊어졌다.

그는 시체가 쓰러지는 것을 이용해 고블린의 허리띠에서 단검을 뽑아내 크게 들어올렸다.

"GOOBG?!"

"열다섯."

두개골에서 칼날이 돋아난 후방의 고블린이 그대로 뒤로 무너져 오수를 튀겼다.

"GOOROG……!"

"GRORB!!"

고블린 놈들이 소리쳐댔지만, 그런 건 알 바 아니었다.

그는 발치의 시체를 짓밟고 목에서 억지로 검을 뽑아냈다.

피와 지방이 칼날에 찐득하게 묻어 있었다. 그러나 어차피 금방 대신할 것이 온다.

그는 진흙에서 발을 끌며 앞으로 나섰다.

고블린 놈들은 겁이 많다. 죽고 싶다고 생각지 않는다. 동료를 위

한다는 건 말도 안 되는 일이다.

그러나 눈앞의 적은 하나다. 그리고 이 녀석 덕분에 자기들 몫이 상당히 늘었다.

지금 이대로 마을을 공격하면 여자도 식사도, 잔뜩 차지할 수 있다.

"GOGBRRG!!"

"GORB! GOOBBGR!!"

결국, 공포보다 욕망이 웃돈 모양이다.

고블린 놈들은 서로에게 선두를 떠넘기며 단숨에 그를 공격해 왔다.

"열여섯…… 열일곱!"

단검을 손에 들고 뛰어든 놈을 방패로 때려서 진흙 속에 떨군다.

놈이 몸부림치는 사이에 그는 검을 휘둘러 오른편 고블린의 목을 찢었다.

빗물과 진흙이 튀어 오르는 가운데 피보라가 솟았다.

거꾸로 쥔 검이 진흙에서 몸부림치는 고블린의 뒤통수에서 연수를 파헤쳤다. 척수를 꺾는다.

"GORBBGR?!"

"나머지 둘……."

그는 검을 놓고서 즉시 뒤로 구르듯 뛰었다.

고블린의 시체가 곤봉을 맞아 으지직 뭉개졌다.

동료의 죽음을 미끼로 삼아 이쪽을 죽이려 한 것이다. 곤봉을 손에 든 고블린이 불만스레 신음했다.

그는 진흙 속에 손을 넣어 아까 던져버린 병을 쥐었다. 던진다.

"GBBB?!"

비명.

안면에 병이 맞은 고통에 더해, 진흙이 눈에 들어가서 괴로운 것이리라.

양손으로 얼굴을 감싸고 뒤집어지는 고블린을 일단 무시.

그는 앞으로 뛰쳐나가서 창을 들고 있는 또 한 마리 고블린에게 방패를 내밀고 부딪쳤다.

"GBRRGBOG?!"

체격 차이와 중량 차이는 고블린보다 흄이 유리하다. 하물며 갑옷과 투구까지 입었다.

그는 진흙 속에 넘어져 깔린 고블린의 목을 두 손에 체중을 실어서 꺾어 버렸다.

움찔움찔 단말마의 경련에 몸부림치는 놈의 목을 짓밟아 뭉개고, 이걸로 마무리.

"이제, 하나……!"

그는 시체의 손에서 창을 빼앗더니, 얼굴의 진흙을 간신히 떨쳐낸 한 마리에게 달렸다.

"GOROOROGBGB?!"

나무를 깎아서 돌을 고정했을 뿐인 창이라도 심장을 파헤치기에는 충분한 모양이다.

"열, 아홉……!"

거무죽죽한 피를 뿌리면서 양손이 공중을 할퀴는 모양새로 고블린이 쓰러졌다.

그는 창에 매달려서 그것을 더욱 깊숙하게 찌르는 자세로 기대고 숨을 내쉬었다.

숨을 들이쉰다. 내쉰다. 들이쉰다. 내쉰다. 들이쉰다. 내쉰다. 들이쉬고, 내쉰다.

목 안쪽에서 피 맛이 났다. 그대로 진흙 속에 무너져버리고 싶었다. 머리가 둔하고, 눈꺼풀이 무겁다.

뇌인지 어딘지 깊숙한 곳이 냉정하게 소리쳤다. 해독제를 마셔라.

고블린의 체액, 불결한 칼날, 비, 진흙. 상처를 통해 병에 걸린다. 알고 있다.

그는 비틀비틀 유귀 같은 것처럼 일어서더니 가방에서 작은 병을 꺼냈다.

아까 전에는 용케도 참, 스태미나 포션과 헷갈리지 않았다. 손으로 만져서 구분할 수 있도록 연구해야겠다.

손이 미끄러져서 답답했지만, 그는 마개를 뽑고 쓴 약액을 단숨에 들이켰다.

"……하, 아."

끝났다.

끝났을 것이다.

달성감 따위 전혀 없고, 스스로도 믿을 수가 없었지만.

비는 계속 내렸다. 밤이 밝을 기색은 없다. 그는 살아 있고, 고블린은 죽어 있다.

이런 날씨에도 꺼지지 않도록 궁리한 횃불은 아직도 푸스스, 연기를 피우면서 타고 있었다.

두 번 다시 평야에서 고블린 상대 따위 안 한다. 놈들에게 어울리는 곳은 동굴이다. 그에게도 마찬가지다.

"…………크, 아."

문득 그는 위를 차가운 손에 붙잡힌 것 같은 감각을 느끼고 무릎을 짚었다.

철퍼덕 소리를 내면서 내장과 비와 피가 뒤섞인 진흙이 튀었다.

폐가 공기를 제대로 들이쉬지 못한다. 그는 철 투구를 거칠게 벗었다.

그대로 두 손을 땅에 짚고, 입을 열었다. 숨을 들이쉴 수 없다. 숨을 내쉴 수 없다.

섬광처럼 뇌리에 스치는 광경이 있었다. 누나. 불탄 마을. 매달린 시체. 고블린 놈들. 서쪽의 바람.

그는 목을 태우며 입에서 넘쳐 나온 것을 그대로 우에엑 토해냈다. 거의 위액뿐이었다.

한차례 토사를 뿌린 그는 크게 숨을 내쉬며 억지로 물주머니를 들이켰다.

입을 헹구고, 뱉어내고, 한차례 위 안의 것과 물을 쏟아낸 입가를 닦았다.

그리고 진흙을 휘저어 뒤처리를 한 그는 천천히 투구를 다시 썼다.

피와 땀과 토사물 냄새가 몸에 밴 기분마저 들었다.

그는 철 투구를— 뿔이 부러져 꽤 가벼워진 철 투구를 돌렸다.

시산혈해. 마을 주변에 만든 틈의 주변에서 마을 바깥인 이곳까지, 쌓아 올린 시체들.

하나, 둘, 셋, 넷, 다섯, 여섯일곱여덟아홉, 열, 열하나, 열둘, 셋

넷, 다섯여섯일곱, 여덟, 아홉…….

"열아홉…… 열아홉?"

그는 고개를 갸웃거렸다. 고블린의 시체를 짓밟고 돌창을 뽑아냈다.

오수를 튀겨내면서, 그는 성큼성큼 마을 안으로 돌아갔다. 울타리, 강, 물소리. ……물소리.

그는 창을 들어올렸다. 한 걸음, 두 걸음, 세 걸음. 창을 던졌다.

강 주변에서 어떻게든 말뚝을 넘으려고 기어오르던 고블린이 키약, 비명을 지르며 떨어졌다.

"……스물."

그것이 마지막 고블린이었다.

아무도, 이걸로 끝이라고 말해주지 않았다.

제8장 『싸움이 끝나고(엔딩 페이즈)』

Goblin Slayer YEAR ONE The Dice is Cast.

원장은 밖에서 어떤 소리가 나도 절대로 문을 열어주면 안 된다고 소녀에게 말했다.

그래서 비에 섞여 난폭하게 문을 두드려도 침대 안에서 나갈 생각은 없었다.

다른 애들도 마찬가지이리라. 몇 번 정도 간격을 두고 문을 두드렸지만, 아무도 일어나지 않았다.

원장 선생님도 일어날 기색이 없으니 아무래도 눈을 뜬 것은 그녀뿐인 모양이었다.

—하지만, 누가 왔는지 보는 것 정도는 괜찮겠지.

그래서, 소녀는 스르륵 침대에서 빠져 나왔다.

커다란 방에 들어찬 아이들은 다들 모포를 둘둘 말고 움직이지 않았다.

겁쟁이들이야. 그렇게 생각하면서도, 소녀는 손을 더듬어서 청소용 빗자루를 쥐었다.

그것을 양손으로 단단히 쥐고서 조심조심 밤의 사원을 걸었다.

아깝다면서 일찍 촛불을 끈 탓에 정말로 새까맣다.

휑하니 조용한 예배당. 우뚝 선 교역신의 상도 그림자가 드리워서 묘하게 엄숙했다.

바깥에서 불어 닥치는 비— 아니, 폭풍 소리는 강하고, 웅웅 메아리치는 것 같기도 했다.

일어난 것을 살짝 후회하면서 문으로 다가가자, 또 노크 소리.

"……누구, 신가요오? 무슨 용건, 있어요……?"

한순간 틈을 두고서, 지독하게 낮은 목소리가 문 너머로 들렸다.

"일이 끝났다. 보고다."

소녀는 얼굴이 확 밝아져서 문에 달라붙었다.

"영차!"

기름을 쳐둔 빗장에 손을 대고, 체중을 실어서 옆으로 뽑아냈다.

원장 선생님은 「어떤 소리가 나도」라고 했지만 「누가 와도」라고는 안 했다.

—그럼, 괜찮겠지!

빗장은 옆으로 미끄러져 움직여 풀렸고, 사원의 문이 천천히 열렸다.

과연. 폭풍을 등지고 한 남자가 서 있었다.

어둠 속에 떠오른 남자의 윤곽은 지난 이틀 동안 익숙해진 모험가였다.

싸구려 철 투구, 지저분한 가죽 갑옷, 허리에 찬 칼집에는 검이 들어있고, 팔에는 원형 방패를 고정시켰다.

굳이 차이점을 꼽아 보자면, 투구의 뿔이 둘 다 부러져 버렸다는 것일까?

그가 한 걸음 예배당에 발을 들이자 진흙이 뚝뚝 떨어졌다.

"고블린, 해치웠어?!"

"그래."

그는 말했다.

"죽였다."

그 단적인 말에, 소녀는 살짝 표정이 굳어졌다.

그렇게 다가온 그에게서는 소녀가 맡아본 적 없는 기이한 냄새가 풍기고 있었다.

진흙과 땀. 그밖에는 뭘까? 약간 코를 벌름거린 그녀에게 그가 말했다.

"치료의 약이나, 치유의 기적이 있나?"

"아아니."

소녀는 고개를 옆으로 저었다.

"원장 선생님은 기적은 못 받았대."

약은 어떨까? 소녀는 힐 포션 같은 건 이야기로나 들어봤다.

"……그런가."

그는 소녀의 대답을 듣고 깊숙하게 숨을 내쉰 것 같았다.

소녀의 눈에는 검은 윤곽밖에 안 보이지만, 지친 거겠지.

—싸우고 왔을 테니까.

그것은 당연한 것이었다. 일을 해도 지치고, 실컷 놀아도 지친다.

"저기, 조금 쉬면 어때? 아니면, 돌아갈래?"

"돌아가?"

그것은 딱히 무슨 생각이 있었던 게 아니라, 극히 당연한 물음이었다.

그럼에도 소녀가 보기에 그는 진심으로 의문스러워하는 태도였다.

"……돌아간다."

그는 마치, 그 말을 지금 처음으로 입에 담은 것처럼 중얼거렸다.

돌아간다. 돌아간다. 돌아간다. 잘 씹어서 삼키는 것처럼, 다시 한 번.

이윽고, 그는 천천히 철 투구를 움직였다.

"그래."

그 자신도 믿지 못하는 말투였다.

"돌아간다."

"그렇구나."

"기다리는."

그는 자신도 믿어지지 않는다는 투로 말했다.

"사람이 있다."

소녀가 고개를 끄덕였다.

억지로 손을 잡아끌어서 안으로 들여보내도 괜찮을 것 같지만…….

—돌아가고 싶으면, 돌아가면 되겠지.

소녀에게는 이 사원이 그런 곳이었다. 얼굴도 기억 안 나는 부모님과 헤어진 것이 5년 전.

하지만 그는 분명 다를 것이다.

천천히 등을 돌리고, 문에 손을 대어 빗속으로 나서는 그.

그 등에 소녀가, 스스로도 뭐라고 하는 건지 모를 말을 던졌다.

"그럼, 저기? 고마워."

"아니."

그는 고개를 좌우로 흔들고, 여전히 조용한 어조로 대답했다.

"괜찮다."

그리고, 커다란 소리를 내면서 문이 닫혔다.

소녀는 작게 「응」 하며 고개를 끄덕이고, 어슴푸레한 예배당을 총총 달려서 침대로 파고들었다.

그날 밤, 그녀는 기묘한 꿈을 꾸었다.

그것은 아침이 되면 사라져 버리는, 어렴풋하고 애매한, 덧없는 꿈이었다.

실제로 소녀는 꿈속에서 자기 손에 성검이 있었던 것 따위 깔끔하게 잊어버렸다.

§

"여어, 정신 들었냐."

전사의 의식이 각성한 것은 돌바닥 위에 궁색하게 깔아놓은 돗자리 위였다.

몸을 일으키고자 하면 고동에 맞추어 머리가 깨질 것처럼 아팠다. 도저히 움직일 수가 없었다.

보아하니 손에도 발에도 붕대가 감겨 있었고, 감촉으로 추측건대 이마에도 감긴 것 같았다.

젊은 전사는 순순히 단념하고 돗자리 위에 누웠다.

"여기는……."

말을 하자 메마른 목이 찢어지는 것처럼 아팠다.

"놈은……?"

"지모신의 신전이야."
"지모신……."
"도시 돌아다녔으면 봤을 거 아냐? 알지?"
옆에 앉아 있던 중장 전사가 그를 배려하듯 가르쳐 주었다.
중장 전사 또한 온몸 여기저기에 붕대를 감고 있었지만 표정은 편안했다.
"예배당을 간이 의료소로 열어줬지."
전사는 축 늘어진 채 멍하니 예배당 안을 보았다.
창에서 햇살이 들어오는 걸 보니 벌써 아침인 걸까?
다치고 지친 모험가들의 신음 소리 사이로 신관들이 척척 걸어 다니고 있었다.
물을 주고, 식사를 주고, 움직이지 못하는 자의 땀을 닦아주고, 헌신적으로 간호한다.
젊은 전사의 상처도 분명히 저 신관들이 치료했을 것이다.
안 그러면, 그 커다란 지네의 턱에 깨물리고서 이 정도로 끝났을 리 없었다.
중앙에 서서 지휘를 하는 것은— 그 은 등급의 리더였다.
갑옷을 벗고 왼팔은 어깨에 매단 것을 보니 분명히 싸운 모양이다.
모든 것을 겉모습으로만 판단하던 나는 얼마나 멍청했던 걸까?
"뭐, 살아 있기만 해도 운이 좋아. 나도, 이 녀석들도."
"……네."
주위에는 그의 파티인 경장 검사부터 소년 척후, 무술사들이 제각각의 자세로 쉬고 있었다.

어째서인지 여기사는 중장 전사에게 기댄 채 잠들어 있었다. 무거워 보이긴 하는데…….

"그, 벌레 자식은?"

"죽었어."

대답은 단적이었다.

젊은 전사가 드러누운 채 주먹을 움켜쥐자, 중장 전사는 「그렇긴 한데」라며 어깨를 으쓱거렸다.

"네가 죽인 건 아니고."

그 다음에 난리도 아니었다니까.

그렇게 말하면서 모험가들의 사투를 이야기해주었다.

목이 꿰뚫려 날뛰는 록이터. 쏟아져 내리는 낙석. 솟아 나오는 블롭들.

모험가들은 해일처럼 밀려드는 점액을 처리하면서 용맹하게 싸웠다.

본대와 합류하는 게 불가능하다면 지구전밖에 없다고 생각한 것이다.

무구를 뻗어 점액을 때리고, 틈을 봐서 록이터를 공격한다.

얼마 안 가 본대가 지원하러 달려오자 모험가들이 단숨에 반격으로 전환해서―.

"그 멋 부리는 창잡이가 지네의 머리를 꿰뚫어서, 그걸로 끝났지."

"……그런가요."

"인생이란 게 그런 거야."

조용히 중얼거린 말을 어떻게 받아들였는지, 중장 전사는 얼굴을 찡그렸다.

뭔가 안 좋은 추억이라도 떠올렸나보다.

"생각처럼 안 된다니까."

중장 전사가 말하더니 자기 어깨에 기대어 잠든 여기사를 보았다.

그녀는 들어갈 때 쓰고 있던 철 투구를 지금은 쓰지 않았다.

어째서인지 물었더니 중장 전사는 웃으면서 고개를 옆으로 젓고, 녹아내리고 녹슬어버린 철 덩어리를 가리켰다.

"얼굴은 가만 두면 낫겠지만, 이쪽은 그럴 수도 없으니까."

중장 전사는 웃으면서 투박한 손가락으로 여기사의 볼을 찔렀다.

미모라고 해도 좋은 그녀의 표정이 기분 틀어진 듯 찡그려지자, 중장 전사는 다시 웃었다.

"뭐, 그래도 여자 얼굴에 화상이 남으면 비싸게 먹히니까……."

그렇다면, 분명히…… 이 투구는 자기 역할을 다 했다고 할 수 있으리라.

—그러고 보니, 그녀는 성기사 지망인지 뭔지라고 했었지.

기사 작위라는 게 세습제는 아니지만, 제대로 된 종자로서 수행하면 서훈도 가능하다.

그대로 귀족이자 기사로서 성당이든 나라든 섬기는 성기사가 되는 길도 있었으리라.

이렇게 모험가 일을 하고 있다는 것은 뭔가 나름대로 이유가 있음이 틀림없다.

"……나도, 생각처럼 안 되는 가운데, 아슬아슬하게 하고 있어. 다들 그렇지."

"……그렇네요."

이 중장전사에게도, 그리고 분명 자신에게도.

"그래도, 제일 처음은 너였어. 할 만큼은 했잖아?"

젊은 전사는 조금 생각한 다음, 「네」라고만 말하고 눈을 감았다.

할 만큼은 했다.

그는 나름대로 리더로서 파티를 이끌고 있었다.

처음 녀석과 만났을 때도, 어떻게 한 명만 희생되고서 도망칠 수 있었다.

다른 동료들은 도시를 떠났지만 그는 지금도 여기서 모험가를 계속하고 있었다.

그 커다란 지네, 록이터의 커다란 턱에 뛰어들어서, 있는 힘껏 검을 틀어박아줬다.

할 만큼은, 했을 것이다.

—그러니까, 미안하지만, 이 정도로 봐줘.

이제는 없는 소녀에게 변명 같은 말이 떠올랐다.

그리고 그의 의식은 다시 어둠 속으로 녹아내리듯 가라앉았다.

§

"잠깐, 미안해. 해열의 약초 좀 얼른 갖다 줄래!"

"아, 네에!"

그 시제(애컬라이트)는 아직 10살이 될까 말까 한 어린 소녀였다.

당연히 아직 신관위 따위 가지지 못했고, 성직자 견습이라 하기에도 저어되었다.

기운 자국투성이인 수수한 법의 자락이 안 맞는 것은 자그마한 체구 탓이리라.

그녀는 지급품으로 받은 옷자락과 소매를 걷고서 열심히 예배당을 달렸다.

약초는 신전의 텃밭에서 만드는 것이며 소중하고 소중한 봉사활동의 일환이었다.

요전에 캐와서 말려둔 그것을 정해진 선반에서 꺼내 다시 돌아갔다.

받침대 위에서 발돋움을 해야 간신히 닿는 높이지만, 불평 따위 할 수 없었다.

"가져왔어요!"

"고마워. 여기는 이제 됐으니까 다른 곳에 가보렴."

"네!"

그녀는 선배 신관에게 약초를 건네더니 지친 얼굴에 기특하게 웃음을 짓고는 또 달려갔다.

선배가 흐뭇하게 소녀의 등을 배웅했다. 소녀는 다른 많은 신관들과 마찬가지로 고아였다.

5년 전의 싸움이 끝나네 마네 하던 무렵, 신전 입구에 버려져 있었다고 한다.

올해로 열 살. 한 사람 몫을 한다고 하기는 어렵지만, 치료를 돕는 건 충분히 맡길 수 있는 나이였다.

"어~이, 이 녀석도 부탁해!"

그래서, 라는 것은 아니겠지만.

이마에 땀을 흘리며 달리던 그녀는 문득 누가 부르자 놀란 기색으로 발걸음을 멈추었다.

돌아보니 창을 짊어진 미장부 모험가가 가죽 갑옷 차림의 모험가에게 어깨를 빌려주며 서 있었다.

"어, 아, 저, 저 말인가요?"

"그래. 바쁜데 미안해. 어디 눕혀두면 되는지만 좀 알려줘."

아무리 창잡이라도 이 어린 소녀에게 떠넘길 생각은 없으리라.

시제는 창잡이의 말에 고개를 끄덕끄덕 움직이고서 「이쪽이요」라며 예배당 안을 앞서 걸었다.

다친 모험가들 때문에 혼잡하지만, 긴 의자 위, 바닥 위, 눕힐 장소는 아직 있었다.

여차하면 신관들의 방도 쓸 수 있다. 딱히 문제는 없었다.

"이 사람도, 저기, 그게, 지네랑 싸워서……?"

"아니, 이 녀석은 고블린 퇴치겠지."

"네……?"

"도시 입구에서 축 늘어져 있기에 주워왔어. 정말이지, 길 가는데 방해되잖아."

창잡이는 재미없다는 기색으로 말하며, 안내받은 바닥 위 모포를 깔아둔 곳에 그를 앉혔다.

보아하니 그 지저분한 가죽 갑옷의 모험가는 온몸이 검붉은 피와 진흙으로 지저분했다.

씻어내고서 치료를 해야지. ―물론 그녀는 아직 그러지 못하지만.

"그러면, 맡긴다!"

"아, 네, 네에!"

그러나 맡아 버렸으니 어쩔 수 없다.

시제는 얼른 가버리는 창잡이에게 고개를 끄덕이고 그의 등을 배웅했다.

—그러고 보니 창을 쓰는 모험가가 지네 괴물을 해치웠다고, 했는데…….

저 모험가가 그 사람일까?

소녀는 고개를 갸웃거리면서도, 예배당을 총총 달려 선배들의 지시를 구했다.

"일단 일손이 부족하니까 중상이 아니면 나중에!"

"저기, 교체할 붕대 어디 있니?!"

"붕대 교체하면 죽기 쉽다고……."

"돌려서 쓰는 게 아냐. 청결한 거면 괜찮아!"

나중에. 시제는 바쁘게 일하는 선배들의 말에 우두커니 서 있었다.

그러나 그럴 틈도 없었다.

"자, 이거, 붕대! 씻어오렴!"

"아, 네, 네에!"

턱 건네받은, 검붉게 더럽혀져 얼룩진 붕대 다발.

양손에 한 가득 끌어안고서 세탁장으로 서둘러 가며, 시제는 흘끔 벽 쪽을 보았다.

그곳에는 아까부터 주저앉은 자세 그대로 축 늘어져 고개를 숙인 모험가가 있었다.

—뭔가, 해줄 수 없는 걸까요?

그러나, 무엇을?

시제는 알 수 없었다. 좀 더 경험을 쌓고 성장하면 알 수 있을까?

열 살의 소녀에게는 무척 어려운 문제였다.

더럽혀진 붕대를 세탁장에서 쓱싹쓱싹, 차가운 물 때문에 손이 아프지만 참고 씻어내도 알 수 없었다.

붕대를 적신 물은 금세 검붉게 더럽혀졌다. 몇 번이고 갈았지만 깨끗해질 기색이 없었다.

물을 갈고, 비비고, 갈고, 비비고, 갈고, 비비고, 갈고, 비비고…….

그렇게 묵묵히 작업하고 있는 찰나에, 시제는 문득 자신의 마음에 공백이 있는 것을 깨달았다.

손은 계속 움직이고 있었다. 생각도 분명히 집중하고 있었다.

그렇지만 의식 속에, 뻥 뚫린 무언가— 공백이 있고, 그곳에 자신이 둥실 떠올라 있었다.

—뭘까?

멍하니 생각하면서도, 그러나 신기하게도 마음은 온화했다.

세탁하는 물소리가 대단히 멀리서 들린다. 피부에 닿는 차가움도. 예배당의 웅성거림도.

온갖 것을 지각하고 있으면서도 그 모든 것과 동떨어진 곳에 그녀가 있었다.

공백.

시제는 눈을 뜬 채 마음속으로 눈을 감고, 손을 움직이면서도 마음속으로 양손을 깍지 끼었다.

그것은 저절로 떠오른 행동이고, 시제에게는 지극히 자연스런 행동이었다.

—지키고, 치유하고, 구하라.

지모신의 가르침. 그 근간. 가장 소중한 것.

그것이 문득, 벽에 기대 힘을 다한 그 모험가의 모습과 이어졌다.

—자비 깊은 지모신이여, 부디 이 자의 상처를 그 손으로 어루만지소서.

그때, 시제는 자기 자신이 무언가에 휩싸이고 끌어올려지는 착각을 느꼈다.

그녀의 손 안에 — 그것이 마음속인지 현실인지는 알 수 없었다 — 희미한 빛이 떠올랐다.

퐁퐁 거품처럼 솟은 빛이 **그**의 곁으로 날아가는 모습을 환시했다.

"윽, 하, 아……?!"

곧장, 뭔가 위에 올라탄 것처럼 묵직한 피로가 그녀를 덮쳤다. 시제는 무심코 숨을 내쉬었다.

우웅 울려 퍼지는 귀 울림과도 비슷한 감각을 느끼고, 주위의 소리가 확 되살아났다.

하늘과 땅이 빙글 뒤집히는 것처럼 현기증을 느낀 시제는 매달리듯이 세탁통에 손을 짚었다.

비누와 물과, 그리고 피 냄새가 뒤섞인 냄새가 코를 콕 찔렀다.

"하, 악, 헉, 하아, 어……? 지, 지금…… 그건……."

어느샌가 땀이 맺힌 이마에서, 뚝, 뚝, 땀방울이 물통으로 떨어졌다.

기적이 일어난 것을 깨달은 자는— 아직 아무도 없었다.

제9장 『모험과 모험 사이』

애프터 세션

Goblin Slayer YEAR ONE The Dice is Cast.

“어~이, 접수원 아가씨. 이 의뢰 부탁할게!”

“네에~에!!”

모험가 길드는 오늘도 떠들썩했다.

대형 괴물이 하나 나타났고 그것을 퇴치했다고 해서, 그걸로 끝이 아니었다.

매일매일, 서류의 산을 상대하는 모험과 싸움은 이어지는 것이다.

가도를 어지럽히는 도적, 요새를 점거한 사악한 마술사, 유력자의 딸을 노리는 흡혈귀.

어디까지나 소문이지만, 켄타우로스 부족이 공격해온다는 이야기도 있다.

그것에 더해 고블린 퇴치.

이제 신입이다 뭐다라고 할 수 없는 접수원 아가씨도 열심히 움직이며 일에 전념했다.

의뢰인을 상대하고, 의뢰를 수주해서 서류를 정돈하여 게시하고, 의뢰를 받으러 온 모험가를 상대한다.

겨우 찾아온 점심시간도 식사를 하고 나면 또 일이다. 쉴 틈도 거의 없어서 눈이 돌아갈 것 같았다.

그래도 그녀의 얼굴에 웃음이 떠오르는 것은 중간중간 짬짬이 작성하고 있는 서류 덕분이었다.

“그거 뭐야—?”

흥미를 가진 동료가 샌드위치를 입에 물고 빼꼼 들여다보았다.

“후후후, 이건 말이죠……!”

접수원이 생글생글 웃으면서 서류를 집어 펼치자 동료는 눈을 깜빡였다.

“승급 심사 신청서?”

“네!”

“아아, 요전 록이터 퇴치는 백자 등급도 꽤 동원됐으니까.”

모험가의 등급은 실적과 획득한 보수금액, 주변 지역에 대한 공헌도, 인격 따위를 조사한다.

광산 하나를 점거한 괴물의 토벌이라면 그 영향도 상당히 커진다.

어지간히 인격에 문제가 없는 한, 순조롭게 승급(레벨 업)할 수 있으리라.

“응?”

그런데 동료가 의문스레 고개를 갸웃거렸다.

“저기, 이 사람은 분명히, 그 토벌에 참가 안 하지 않았어?”

“아, 네. 이 사람은 참가 안 했어요.”

접수원은 머리채를 흔들면서 살며시 고개를 끄덕여 동의를 표했다.

그렇지만 그녀는 자랑스럽게 동료에게 **그**의 모험 기록 용지를 들어서 보였다.

“하지만, 혼자서, 굉장히, 노력하고 있어요.”

“흐응…….”

동료는 우물우물 샌드위치를 입 안으로 던져 넣고 흥미롭게 그 용지에 눈길을 주었다.

기량점수는 뭐, 평균이나 평균 이하.

달성한 모험은, 고블린, 고블린, 고블린, 고블린, 고블린…….

—그러고 보니, 어쩐지 요즘 그다지 퇴치 의뢰가 안 남더라니.

"차근차근 하면 쌓이는 법, 이구나."

혼자서 그렇게 중얼거리며 납득한 동료는 지고신의 신관다운 날카로운 눈으로 접수원을 찌릿 보았다.

"부정은 안 했겠지?"

"할 리가 없잖아요!"

"그럼 좋아."

응응. 가슴을 내밀며 나 잘났다고 말을 하면 접수원도 쓴웃음을 짓는 수밖에 없다.

손에 묻은 빵 부스러기를 털어낸 동료는 접수원을 향해서 한쪽 눈을 감았다.

"뭐, 그럼 됐어. 누구든지 한두 사람 응원하고 싶은 모험가가 있는 법이야."

"……요전에 한 말이랑 다르지 않아요?"

"그거야, 때와 장소에 따라서 하는 말이 바뀌는 법이지."

"그건 또 뭐예요."

키득키득, 둘이서 작게 웃었다.

곧 휴식 시간도 끝난다. 그러면 또 일이 시작된다.

그 밖에도 승급하는 모험가가 많으니, 당분간 서류 일로 바쁠 것이다.

"기왕이니까 오늘 밤에 술이라도 어때요?"

"좋네. 피곤하지 않으면."

"그러면, 피곤하지 않으면 마셔요."

접수원은 웃으며 고개를 끄덕이고 자신의 책상에 다시 돌아앉았다.

그런데 일어서던 동료가 또 다시 고개를 쓱 들이밀었다.

"있지, 그 사람 어쩐지 요즘 별명 생기지 않았어?"

"아아."

고개를 끄덕인 접수원이 마치 자기 일을 자랑하는 것처럼 얼굴을 풀었다.

"실은 말이죠. 그 사람—."

§

"그러고 보니 요즘 뭔가 이상한 놈 있지."

"그 묘한 차림새를 한 녀석 말이지?"

"싸구려 갑옷이랑 투구."

"언제나 고블린 고블린 하지 않아? 길드에 올 때마다 보이던데."

"백자 등급이라면 어쩔 수 없는 거 아냐?"

"익숙해질 때까지만 하는 거지."

"고블린은 귀찮으니까……. 나는 이제 사양이야."

"그렇게 고생하지도 않잖아. 고블린이잖아?"

"그래서, 그 녀석이 뭐 어쨌는데?"

"아니, 그게 벌써 흑요 등급이라던데."

“허어, 그럼 그 록이터 토벌에도 참가한 거야?”

“그게, 고블린 퇴치밖에 안 한대.”

“수가 많으면 경험점이 되는구나.”

“하긴 솔로니까.”

“다른 모험에 불러본 녀석도 있었는데, 거절했댄다.”

“고블린 퇴치밖에 안 하잖아?”

“고블린, 고블린, 고블린, 고블린이라.”

“그러면, 드래곤 슬레이어가 아니라—.”

§

그는 그렇게 불린 것이 자신이라는 것을 금세 깨닫지 못했다.

길드에서 보고를 마치고 마침 밖으로 나온 참이었다.

도시의 술렁거림과 소란, 떠들썩한 목소리. 초여름의 더위와 햇살.

철 투구 안으로 확 몰려들어오는 그것들을 떨쳐내고, 그는 천천히 돌아보았다.

“나 말인가.”

“너 말고 누가 있는데?”

그곳에는 젊은 전사가 서 있었다.

그가 누구인지 잠시 생각하고, 떠올린 다음에 철 투구를 조용히 세로로 움직였다.

“……그런가.”

“다친 건 괜찮아? 고블린한테 당했다고 들었는데.”

"그래."

그는 조용히 고개를 끄덕였다.

"문제는 없다."

놀랄만한 일이었다.

피로에 찌들고, 상처를 입고, 빗속을 계속 움직여, 마침내 힘이 다했다.

신전에 옮겨준 것이 누구인지도 모르고, 누가 치료를 한 것인지도 알 수 없었다.

그러나 그의 온몸에 있던 상처가 기적처럼 아물었고, 체력까지 본래대로 돌아왔다.

본래는 며칠 휴양을 했어야 할 텐데.

"이쪽도 그래. 뭐, 서로 몸이 재산이니까. 건강한 게 제일이지."

젊은 전사가 어깨를 두드리자 그는 잠시 생각하고서 천천히 철 투구를 기울였다.

"모험인가."

"그래."

젊은 전사는 코 아래를 비비며 웃었다.

"하수도의 쥐 퇴치야."

"그런가."

"동료도 다들 가 버렸지만, 일단 솔로로 할 수 있는 일부터 해야지."

아직 어색하긴 했지만, 젊은 전사는 자연스럽게 어깨를 으쓱거렸다.

그 젊은 전사가 동료를 잃고 주점에서 실의에 빠져 있던 모습을, 그는 어렴풋이 기억해냈다.

"……그런가."

그가 고개를 끄덕이는 것을, 젊은 전사는 어쩐지 눈부신 듯 보았다.

그리고 젊은 전사는 그의 지저분한 가죽 갑옷의 가슴팍을 툭, 주먹으로 두드렸다.

"일 있으면 불러라."

"음……."

"같은 날에 모험가가 된 것도 인연이니까."

그는 얼마 동안 입을 다물었다가 「알았다」 하고 고개를 끄덕였다. 어색하게, 그리고 낮은 목소리였다.

"그러지."

"그래."

그 대답이 어쩐지 기쁜 것처럼, 젊은 전사는 후련한 기색으로 돌아갔다.

"그래서 너는 어떡할 거야? 또 고블린 퇴치냐?"

"아니."

그는 천천히 고개를 옆으로 저었다.

"이제부터, 돌아가는 참이다."

그리고 걸어가려다가, 문득 발길을 멈추었다.

"처음 그건, 뭐지?"

"어어?"

젊은 전사는 고개를 갸웃거리고 「모르는 건가?」 하며 고개를 끄덕였다.

"별명이야."

“별명?”

그래. 젊은 전사는 씨익 웃었다. 네 별명이야.

소귀를 죽이는 자
“고블린 슬레이어.”

§

“우, 우우…….”

소치기 소녀는 자기 방에 떠온 물통 앞에서 고양이처럼 신음했다.

수면에 비친 자기 앞머리에 손에 든 가위를 몇 번이고 대었다. ─그러나.

─어, 어떻게 자르면 좋을지 모르겠어……!

지금까지 별로 신경 안 쓰고, 대충 서걱서걱 잘랐던 대가를 갚을 때가 왔다.

이럴 거면 평소부터 좀 더 정성 들여 머리를 다듬을 걸 그랬다고, 이제 와서 후회해도 늦었다.

차라리 남에게 부탁할까 생각했지만 그것도 어쩐지 부끄러웠다.

─그치만, 이게, 저기.

머리를 자르는 이유가 이유니까.

그때 호위를 부탁한 여성 마법사라면 비웃지는 않겠지만.

─모험가한테 부탁할만한 일도 아니니까.

호위에도 돈이 드는 사람이다. 친구라고 할 수 있는 사이도 아니다.

앞머리를 손가락으로 집어 가위 사이에 넣었다가 빼고, 이것도 아니고 저것도 아니고 하면서 고민하기를 잠시.

"아아, 정말……!"

에라 모르겠다. 소치기 소녀는 결심하고서 앞머리에 가위를 대었다.

서걱.

쇠와 쇠가 스치는 소리가 나고 앞머리가 사라락, 눈앞을 지나 떨어졌다.

가위를 한 번 내려두고서 조심조심 수면을 들여다보았, 지만—.

"우우응……?"

아무래도 제대로 자른 건지 알 수 없었다.

—그래도, 이러고서 방치하는 것도 안 되겠지, 분명히.

한 번 시작했으면 마무리할 때까지 멈출 수 없다.

그런 생각이 뇌리를 스치고, 소치기 소녀는 아주 약간 쓴웃음을 지었다.

분명히 그도, 그런 것이 틀림없다.

"……좋아."

파앙. 소치기 소녀는 양 볼을 강하게 두드렸다.

그리고 가위를 다시 집어서 서걱서걱, 대담하게 잘랐다.

후두둑 떨어지는 머리칼에 비례해서 머리의 무게가 줄어들고 시야도 가벼워졌다.

—어째서 계속, 이렇게 방치했을까?

웃어 버릴 이야기일지도 모른다. 지금까지 계속 신경을 안 썼으니까.

그것을 의식할 수 있었다. 그래서 이렇게 가볍게 만들 수 있다. 그러면 되는 거라고, 생각했다.

"이 정도면…… 될까?"

머리칼을 손으로 빗어서 사삭 정돈하고, 앞머리를 만지작거려서 수면을 들여다보고 홀로 불평했다.

—이상, 하지는 않지?

연습이 더 필요할지도 모른다. 또 머리칼이 자라면 재도전해야지.

그렇게 생각하면서 가위와 물통을 정리하고, 빗자루를 손에 들고 잘라낸 머리칼을 쓸어서 정리했다.

여성의 머리카락은 귀중한 것이라, 가발이나 그물, 그리고 액막이로 팔 수 있었다.

"……부적이란, 말이지."

그에게 그런 걸 건네는 것은 어떨까?

—아니아니, 쑥스럽잖아.

그건 아무래도 좀, 그렇지? 혼자서 그렇게 손을 내젓고, 소치기 소녀는 모은 머리칼을 기름종이로 감쌌다.

"으, 으우……."

하지만 알지도 못하는 누군가의 손에 건너가는 것도 좀 부끄럽다. 어느 쪽이 좋을까?

그렇게 우왕좌왕하고 있는데—.

"우와앗?!"

바깥에서 요즘 귀에 익기 시작한, 성큼성큼 걷는 발소리가 다가왔다.

소치기 소녀는 황급히 머리칼을 선반 안쪽에 던져두고, 손으로 몇 번이고 머리를 빗어내면서 현관으로 갔다.

무슨 말을 하지— 아니, 어떻게 말하지?

싸우고서 헤어진 듯한 모양새로 헤어졌는데, 이것저것 멋대로 행동했다. 그 다음 만남이다.

어떤 표정으로 만나면 좋을지도 정하지 못했는데, 뭘 말해야 할지—.

"아."

그렇게 생각했을 때는 이미 늦었다.

철커덕 소리가 나고 현관의 경첩이 움직이더니, 미약하게 삐걱대며 문이 열렸다.

우선 보인 것은 지난 얼마 동안 완전히 길이 든 진흙투성이 부츠.

지저분한 가죽 갑옷, 싸구려 철 투구, 어중간한 길이의 장검을 허리에 차고, 팔에는 자그마한 원형 방패.

그였다.

그는 문을 연 자세 그대로 서서 묵묵히 그녀를 보았다.

"……머리가."

"아, 응."

소치기 소녀는 어째서인지 안절부절 못하면서, 그 자리에 선 채 꼼지락거리며 손가락으로 앞머리를 만지작거렸다.

"잘랐어."

"그런가."

그는 한 번 고개를 끄덕이고, 잠시 동안 입을 다물었다.

"……그런가."

그 대답이 그답기는 했지만, 결코 소치기 소녀가 바란 정도로 길

지는 않았다.

소치기 소녀는 가슴 속에 떠오른 꿀꿀한 뭔가를, 그대로 미약하게 입술을 삐죽 내밀어 표현했다.

"……그것뿐이야?"

"그것뿐, 이란 건."

"좀 더, 왜 있잖아. 어울린다든가, 귀엽다, 라든가."

—아니, 뭐.

그가 그런 말을 가볍게 하더라도 그녀는 어떻게 해야 할지 알 수가 없겠지만.

그 또한 마찬가지라, 잠시 지나 철 투구를 천천히 좌우로 흔들었다.

"……나는 잘 모르겠다."

"그렇구나."

소치기 소녀는 「어쩔 수 없지」라며 웃었다.

빙글 등을 돌리고 그대로 식당 쪽으로 훌쩍 걷기 시작했다.

그렇다. 어쩔 수 없다. 어쩔 수 없는 일이다.

"……나쁘지는 않다. ……라고, 생각한다."

대단히 낮고, 담담한, 무기질적인 목소리였다.

소치기 소녀는 무심코 멈춰 섰다.

그녀는 방금 자른 머리를 마구 헝클어뜨리며 커다랗게 숨을 내쉬었다.

그리고 그에게 등을 돌린 채, 짧게 대답했다.

"……그렇구나."

"그래."

그걸로 충분했다. 행동을 하기에는 그의 무뚝뚝한 말로 충분했다.
식당에 들어선 소치기 소녀는 그곳에서 빙글 돌았다.
"있지."
그녀는 식당의 테이블에 양손을 짚더니, 몸을 내밀며 미소 지었다.
"밥, 만들어줄까?"
"……."
"스튜. 먹을 거지?"
말만큼 기분이 가볍지는 않았다.
그가 뭐라고 대답할지 전혀 알 수 없었다. 철 투구는 입을 다문 채, 꼼짝하지 않았다.
면갑에 가려서 표정이 안 보인다. 화를 내는 건지 아닌지…….
소치기 소녀는 그가 깨닫지 못하도록 살며시 침을 삼켰다.
테이블에 짚은 손을 꼭 쥐었다.
밖에서 소가 우는 소리.
그것을 좇는 삼촌의 목소리가 멀리서 들린다.
대답은 아직 없었다.
아직.
"……그래."
"좋아."
철 투구가 세로로 움직인 순간, 소치기 소녀는 무심코 주먹을 쥐었다.
긴장이 풀려서 그것이 그대로 볼로 이동했다. 뻣뻣했던 무언가가 녹아내린 기분이었다.

"그러면, 금방 만들어줄게."

걸쳐놓았던 앞치마를 오랜만에 집었다. 어렸을 때 이후— 5년만일까?

배웠던 레시피는 어렴풋하다. 제대로 만들 수 있을까? 연습해둘 걸 그랬다.

—뭐, 좋아.

이제부터, 하면 되는 거다.

모든 것을. 전부. 하나씩.

청소도 했다. 정리도. 세탁도 해야지. 목장 일을 돕는 것도, 더 열심히.

요리도 몇 번이고 만들어보면 된다. 그리고 몇 번이고 먹여줘야지.

"아, 그렇지."

중요한 걸 잊고 있었다.

그녀는 부엌에서 빼꼼 얼굴을 내밀었다.

식당에서는 그가 어색한 태도로 의자에 앉고 있었다.

숨을 들이쉬고, 커다란 가슴에 한 가득 담고서 그녀가 말했다.

우선 처음으로, 이 한 마디부터.

"어서 와."

종장 「그리하여 모험가는 놀이판에 나타난다」

캐릭터 메이킹

Goblin Slayer YEAR ONE The Dice is Cast.

데굴데굴, 데구르, 데굴데구르.

아직도 어슴푸레한 밤의 어둠 속에서, 신들은 오늘도 변함없이 주사위 놀이를 하고 있었습니다.

촉수를 꿈틀거리면서 신이 난 것은 《풍요》라는 이름의 신입니다. 《혼돈》의 세력을 와아 펼쳐서 터무니없는 미궁을 만들기도 하는 신입니다.

그런데도 놀이판의 모험가들이 열심히 맞서주는 것을 보면 견딜 수가 없습니다.

기쁨에 겨워서 「후후후후. 퇴치해주겠어요」라며 주사위를 던졌습니다.

흔히 신들이 놀이판에 살아가는 사람들을 장난감으로 삼는다고 하는 사람이 있습니다.

그렇지만, 《숙명》과 《우연》의 손에서 어찌 벗어날 수가 있을까요?

모든 것을 아는 것은 주사위뿐이니까, 장난감 삼을 수는 없습니다.

신들은 진지하게 진심으로 애정을 담아서, 오늘도 주사위를 굴립니다.

데구르, 데굴데굴, 데굴데구르.

저쪽에서 주사위를 굴리는 건 《환상》과 《진실》인가요?

아무래도 새로운 모험가를 만든 모양입니다.

아무리 근사하고 무시무시한 미궁이라도, 모험가가 없으면 장식입니다.

물론 모험가도, 강하고 위험한 괴물이 없으면 입장이 난처합니다.

아무래도 두 사람이 주사위를 굴린 결과로 생긴 모험가는 전사인 모양입니다.

흠, 전사, 남자. 체력점이나 기량점은 고만고만하고, 출생이나 경험도 평범합니다.

초기자금도 대단치 않습니다. 못 써먹는다고는 안 합니다. 평범했습니다.

그렇지만 그건 그거죠. 어떤 모험가라도, 신들에게는 사랑스런 것입니다.

놀이판 위에 놓인 그가 어떤 모험을 하게 될지, 《환상》과 《진실》은 대화를 했습니다.

일단 처음에는 고블린 퇴치를 해야죠. 약속된 겁니다, 약속.

가끔 모험가의 진실이라면서 하수도 청소밖에 안 시키는 신이 있습니다. 이건 안 되죠.

그리고 또 다음 모험가 작성에 매달립니다.

다음은 리자드맨 승려? 드워프 마술사 같은 것도 재미있겠어요.

엘프 궁수는 왕도입니다. ……어라 주사위 눈이 좋군요. 그녀는 하이 엘프가 됐습니다.

데굴데굴, 데구르르, 데구르데구르.

신들은 오늘도 변함없이 주사위를 굴립니다. 즐겁고 즐거운 시간입니다.

모험가들은 위험한 땅에 발을 들이고, 세상을 구하기 위해서 힘껏 싸웁니다.

이윽고 《진실》, 《환상》에, 다른 신들도 《풍요》 곁으로 모여들었습니다.

이겨라, 가라, 팍팍 가라. 일어서라, 쏴라, 베어라. 에에이, 시끄럽군요.

모두들 모험가의 치명타(크리티컬 히트)에 환성을, 이상하게 위력이 좋은 주사위에 비명을 지릅니다.

그래서 어느 신도 깨닫지 못했습니다.

그 전사가 무슨 짓을 저지르는지.

이 세상의 그 누구도, 아직 몰랐습니다.

아는 것은— 분명히 《숙명》과 《우연》의 주사위뿐.

■작가 후기

안녕하세요, 카규 쿠모입니다!

고블린 슬레이어: 이어 원 어떠셨는지요?

1년째 고블린 슬레이어가 고블린이 나와서 고블린 퇴치를 하는 이야기였죠.

한껏 열심히 썼습니다만, 재미있으셨다면 다행입니다.

외전! 외전이라고 하면 기사가 되기도 하는 법입니다만, 외전입니다. 외전.

고맙게도 외전 하지 않겠느냐고 제안을 받았을 때는 정말로 놀랐습니다.

자 어쩔까 생각해서 책장을 봤더니, 「이어 원」, 「리턴즈」, 「가스라이트」.

아무래도 리턴즈를 하기에는 너무 이릅니다. 가스라이트처럼 19세기 말을 배경으로 하는 건 하고 싶군요.

그러나 꿈꾸는 것은 역시나 이어 원.

남자라면 누구나 자기가 만들어낸 히어로의 외전에 이어 원이라고 붙이고 싶어지는 법.

그래서 이어 원입니다. 해냈다!

실제로 고블린 슬레이어 씨는 본편에서 이미 숙련된 모험가였으니까요.

그런 그가 경험치 제로의 레벨 1부터 스타트하는 이야기를 쓰고 있으니 참 즐거웠습니다.

그리고 이어 원도 코미컬라이즈를 해주시게 되어서, 이얏호 기뻐했습니다.

매달매달 열심히 살아가는 보람이 있다니까요.

아다치 선생님, 삽화 정말로 감사합니다! 소치기 소녀와 접수원이 푯푯해……!

사카에다 선생님, 코미컬라이즈 정말 감사합니다! 다들 큐트하고 섹시합니다!

독자 여러분, 웹 시절부터 응원해주신 여러분, 언제나 정말 감사합니다!

정리 사이트 관리인님, 작품 정리 매번 정말 감사합니다.

게임 동료 여러분, 창작 관련 친구들. 언제나 어울려줘서 고마워!

편집부 여러분, 관계자 여러분, 언제나 언제나 정말로 감사합니다!

새내기 모험가란 것은 언제나 꿈을 한 가득 품고 걸어 다니는 법입니다.

성장하면 그렇게 하자, 이렇게 하자, 멋있게 적을 쓰러뜨리고, 활약하고, 보물을 손에 넣고 싶다.

다들 제각각의 마음을 품고서, 제각각의 장비를 갖추고, 생각하고, 모험에 나서는 겁니다.

그것은 대단히 존귀한 일이며, 응원해 마땅한 일이며, 사랑해 마땅한 존재라고 생각합니다.

주사위 눈이 안 좋아서 죽어 버리는 일이 종종 있다고 해도, 그건 그거, 라는 겁니다.

그런 마음이 조금이라도 전해진다면 좋겠다고 생각하며 쓰고 있습니다.

다음에도 이런 이야기를 쓸 수 있다면 좋겠습니다.

앞으로도 있는 힘껏 써나갈 생각이니, 부디 잘 부탁드립니다.

■역자 후기

이얏호! 역자입니다.

이번에도 고블린 슬레이어와 함께 돌아왔습니다.

얼마 전에 애니메이션 PV 2탄이 공개가 됐습니다. 2018년 10월 방영 시작! 역자는 희망찬 기대를 걸고 있습니다.

이번에는 외전입니다. 외전이라고 하면 기사가 되기도 하지만 닌자가 되기도 하는 법입니다.

애당초 생각해 보면 말이죠. 박쥐 모양 표창 같은 것도 막 던지고 그러잖아요?

본래 모티브 일부가 아마 닌자라니까요. 그리고 뭐 사실 표창 던지기라는 게 남자의 로망 중 하나긴 하죠. 하하하하. 커터칼 날 잘라다가 표창 만들어서 안 던져 본 사람 있으면 나와 보세요. ……요즘 애들은 이런 거 안 하나.

아무튼지 외전입니다. 본편과는 또 다른 재미가 있어요. 그리고 외전이란 것은 본편 내용과 비교해 가면서 즐기는 것이 또 참맛입니다. 그 캐릭터의 그 모습이라든가, 저 캐릭터가 잠깐 언급했던 그 이야기에 대해서라든가, 이번처럼 과거편일 경우는 본편에 나왔던 캐릭터들의 과거 모습을 보는 것만 해도 즐거운 법입니다. 여러분들도 소문에 들어보셨을 테지만 「어이쿠! 이 캐릭터까지?」 싶을 정도로 꽤 많은 캐릭터의 과거 모습을 살짝이나마 비춰줍니다. 기대해 주세요.

개인적으로는 이번에 나온 그 사람이 본편 1권에 잠깐 대사 한 줄 정도 나왔던 그 사람과 동일인물일까? 하는 의문이 드는군요.

그래서, 아직 작가 후기 분량의 절반 조금 넘는 정도인데 이제부터 무슨 말을 하면 좋을까요? 아, 그렇지. 이번 이야기 각 장의 제목 같은 거 어떨까요? 작가 소개문에서도 본래 영화를 좋아한다고 하셨지만 이번엔 꽤 노골적이더군요.

비단 장의 제목뿐 아니라, 1장에서 나오는 몇몇 용어도 그렇고 장면을 구상하면서 이미지를 잡기 위해 영화 감상을 열심히 하신 게 아닌가 싶어요. 감상 목록을 추측해 보자면 일단 『배트맨』 시리즈와 『새벽의 저주』는 확정적입니다. 당연한 거지만 『7인의 사무라이』도 보셨을 것 같군요.

그 밖에 게임도 몇 개 하지 않으셨나 의심이 됩니다. 전투가 재미없다고 정평이 나 있지만 제법 이름이 난 던전 탐색 게임이 있잖아요. 장의 제목들이 꽤 왕도적인 RPG의 구성을 따르고 있는 걸 보면 제법 가능성 높아요.

게임 하니까 생각났는데 최근에 E3가 열렸잖아요! 야호! 『디비전』을 꽤 오래 플레이한 역자는 『디비전 2』를 기다리고 있습니다. 그리고 5년만에 정체를 드러낸 『사이버펑크 2077』은 짧은 트레일러 영상만으로 역자를 가볍게 때려눕혔어요. 이건 사는 수밖에 없어!
『라스트 오브 어스 2』 트레일러를 봤더니 조만간에 이사를 하면서 작업 환경을 재정비하려고 하는데, 그러는 김에 게임 콘솔도 사야 하지 않나 고민하게 만들더군요.
근데 뭐 그래 봤자 내년쯤에나 나올 게임들. 9월쯤부터 바쁘지 않을까 예상되는 역자는 일단 마음을 비우고 밀려드는 일거리를 소화하고자 합니다. 일거리가 줄어들지를 않아~.

그럼, 다음에 또 봬요!

고블린 슬레이어 외전: 이어 원 1

1판 1쇄 발행 2018년 10월 20일
1판 2쇄 발행 2018년 11월 12일

지은이_ Kumo Kagyu
일러스트_ Shingo Adachi
옮긴이_ 박경용

발행인_ 신현호
발행인_ 신현호
편집국장_ 김은주
편집진행_ 최은진 · 김기준 · 김승신 · 원현선 · 권세라
편집디자인_ 양우연
국제업무_ 정아라 · 김태환
관리 · 영업_ 김민원 · 조인희

펴낸곳_ (주)디앤씨미디어
등록_ 2002년 4월 25일 제20-260호
주소_ 서울시 구로구 디지털로 26길 111 JnK디지털타워 503호
전화_ 02-333-2513(대표)
팩시밀리_ 02-333-2514
이메일_ lnovelpiya@naver.com
L노벨 공식 카페_ http://cafe.naver.com/lnovel11

ISBN 979-11-278-4688-6 03830

값 9,800원